Lizzie McGUiRE

INCOMPARABLE LiZZiE

INCOMPARABLE LIZZIE

Adapté par Jasmine Jones
Tiré d'une série télévisée créée par Terri Minsky

La première partie est tirée d'un scénario
écrit pour la télévision par Douglas Tuber et Tim Maile.

La deuxième partie est tirée d'un scénario
écrit pour la télévision par Melissa Gould.

Copyright © 2005 Disney Enterprises, Inc
Paru sous le titre original : *Best Dressed*

Publié par Presses Aventure, une division de
LES PUBLICATIONS MODUS VIVENDI INC.,
5150 boul. Saint-Laurent,
Montréal (Québec)
H2T 1R8.

Traduit de l'anglais par : *Marie-Jo Levadoux*
Montage infographique : *Modus Vivendi*

Dépôt légal : 3ᵉ trimestre 2005
Bibliothèque nationale du Québec
Bibliothèque nationale du Canada

ISBN 2-89543-286-4

Lizzie McGUiRE

PREMIÈRE PARTIE

CHAPiTRE UN

−**V**oilà le courrier ! dit Mme McGuire en entrant dans le patio. Lizzie se redressa, mais sa mère triait les enveloppes sans regarder dans sa direction. Elle se recala dans sa chaise longue et reprit la lecture des magazines empilés sur ses genoux. Personne ne lui écrivait jamais, songea-elle. C'était à se demander si quelqu'un savait qu'elle habitait ici. On aurait dit qu'elle n'existait pas.

Non loin d'elle, son père et son petit frère Matt réparaient une vieille bicyclette. Ils avaient les mains pleines de cambouis, mais semblaient heureux comme des rois.

-Tiens chéri !

Mme McGuire tendit quelques enveloppes à son mari. Celui-ci les prit sans faire attention aux belles empreintes digitales noires dont il les parait.

-Super ! dit-il sarcastique, la taxe foncière ! Il mit la lettre de côté.

Lizzie ne put s'empêcher de sourire. Il y avait pire que de ne recevoir *aucun* courrier.

-Matt ! Tu as quelque chose de Gammy McGuire.

Sa mère lui tendit une grosse enveloppe jaune. Elle regarda ensuite ce qu'il lui restait dans les mains.... Prospectus, prospectus, prospectus, murmura-t-elle. Tout à la poubelle.

Matt ouvrit sa carte.

-Super ! Un chèque-cadeau de cinquante dollars pour mon anniversaire !

Son père était perplexe.

-Mais ton anniversaire est passé depuis longtemps ! Gammy ne lui a-t-elle pas offert un gant de base-ball ? demanda-t-il à sa femme.

Elle le regarda par-dessus ses lunettes.

-Ta mère lui envoie des cadeaux d'anniversaire toutes les six semaines maintenant. Elle perd un peu la tête.

Lizzie écoutait la conversation d'une oreille distraite. Personnellement, elle *aimait* bien que sa grand-mère lui envoie un cadeau d'anniversaire toutes les six semaines ; cela la faisait se sentir un peu... spéciale.

Son regard fut subitement accroché par une grande pub qui montrait un groupe de filles vêtues de robes super mignonnes. Avez-vous la *Teen Attitude* ? disait la pub. Alors participez à notre prochain défilé de mode ! L'adresse des essais était celle d'un magasin dans le centre commercial local, et pas n'importe quel magasin... c'était le *Cielo Drive*, la boutique de vêtements la plus branchée de la ville. Lizzie n'avait pas les moyens d'y acheter quoi que ce soit, mais elle y allait quand même souvent les samedis pour regarder les modèles.

-Maman, est-ce que je peux être mannequin ? demanda-t-elle.

-Sûr, et moi je pourrais être le président de la lune, se moqua Matt.

-Je vote pour toi si tu y emménages définitivement, rétorqua Lizzie.

Elle se pencha vers sa mère pour lui montrer la pub.

-Le magazine *Teen Attitude* organise un défilé de mode au *Cielo Drive*. Si je suis choisie, je gagne un prix d'une valeur de cinq cent dollars en marchandises.

Ce serait tellement bien d'avoir cinq cent dollars de vêtements de stylistes ! Elle imaginait déjà la tête de son ex-amie, la snob Kate Sanders, si elle arrivait à l'école dans un ensemble ultra chic. Elle en serait malade de jalousie !

Sa mère la tira de sa rêverie.

-Si je dis oui, arrêteras-tu d'embêter ton frère et feras-tu tous tes devoirs ?

-Promis !

Lizzie lança un sourire innocent à sa mère et se recala dans sa chaise longue.

Pfft ! Comme si ça allait arriver !

-C'est trop cool ! Je vais être mannequin ! Matt leva les sourcils.

-Moi, j'ai eu cinquante dollars.

Elle ne répondit pas. Cela ne lui aurait pas déplu de recevoir cinquante dollars par le courrier, mais être mannequin était nettement mieux...

Si ça marchait.

-Ils m'ont juste demandé de marcher sur la passerelle et de tourner deux fois sur moi-même, expliqua Lizzie à ses deux meilleurs amis, Miranda Sanchez et David Gordon, alias Gordo, alors que tous les trois se dirigeaient vers leur classe, le lendemain matin.

-Si je comprends bien, dit Gordo, tu vas participer à un défilé de mode ?

-Oui ! Et je vais gagner l'équivalent de cinq cents dollars en marchandises.

Miranda était impressionnée.

-Cinq cents tickets, répéta Gordo. Pourquoi ne m'en as-tu pas parlé plus tôt ?

Lizzie détailla la tenue de son ami : une vieille jaquette sur une chemise rouge à manches longues, froissée, qui flottait par-dessus une salopette de peintre. Gordo était loin d'être à la mode ; la rumeur disait même que la police de la mode avait mis sa tête à prix.

-J'ignorais que tu voulais être mannequin.

-En fait, cela ne m'intéresse pas, mais pour cinq cents dollars... j'irais même jusqu'à faire le cobaye pour la science.

Elle se mit à rire et l'imagina assis dans un fauteuil de labo à côté d'un Labrador, leurs deux têtes branchées à une sorte de machine d'analyse cérébrale. Puis elle essaya de l'imaginer en smoking et marchant sur une passerelle. Irréel ! Il *ferait* incontestablement *plus* d'argent à être cobaye !

-Je croyais que pour être mannequin il fallait afficher un air lugubre et marcher en considérant que le monde était à tes pieds, dit Miranda.

Lizzie haussa les épaules.

-J'ai juste marché, et ils ont dit que j'avais l'air de l'ado typique.

-Mais tu *es* une ado typique, dit Gordo.

Lizzie le dévisagea. *Typique* ? Hum !

Merci, Gordo. Y'a quoi après ? J'ai une personnalité hors du commun ?

-Et bien pour une fois, être typique va payer, rétorqua-t-elle.

-C'est bien. Profites-en ! dit une voix forte derrière eux.

Lizzie sursauta.

-Oh ! M. Dig !

M. Dig était un jeune professeur suppléant afro-américain. Il avait toujours l'air de s'amuser dans ses cours et il avait toujours des projets complètement farfelus à réaliser. Aujourd'hui, il portait une cravate, ce qui signifiait qu'il ne remplacerait pas le prof de gym. Quoi que... on ne savait jamais avec M. Dig.

-D'où venez-vous ? demanda Lizzie.

-Ma famille est originaire de Tobago, mais je suis né à l'est de Lansing, dans le Michigan, répondit-il avec un grand sourire.

-Vous avez entendu que Lizzie allait être mannequin ? demanda Miranda.

-Oui, et je vais lui donner le même conseil que j'ai donné au super mannequin Colette Romana.

Lizzie et ses amis se regardèrent. Qui était cette Colette Romana ?

-Je lui ai dit : Tu as un don naturel. Partage-le avec le monde et le monde t'adorera.

Il se tourna vers Miranda.

-Colette Romana. Histoire vraie, ajouta-t-il en hochant la tête avec satisfaction.

Gênée, Miranda joua avec la bandoulière de son sac.

-Je... je n'ai jamais entendu parler de Colette Romana.

-C'est tout simplement parce que lors des premiers essais de photos à Nairobi, un zèbre s'est assis sur sa tête et l'a défigurée, expliqua-t-il.

Il secoua la tête tristement.

-Elle aurait pu être célèbre.... tragique...

Il poussa un soupir.

-M. Dig, dit Gordo, je ne crois pas qu'il faille être célèbre pour être heureux.

-C'est sûr, reprit M. Dig, un peu moqueur, tu n'as pas besoin d'être *grand* pour jouer au NBA ! Tu n'as pas besoin d'avoir un visage de *clown* pour être la reine d'Angleterre ! Tu n'as pas besoin de peser trois cent cinquante *kilos* pour être un sumo !

Il leva les sourcils.

-... mais ça aide.

Il pointa le doigt vers Lizzie.

-Ne t'approche pas des zèbres, dit-il avec le plus grand sérieux.

L'espace d'un instant, son visage s'illumina; puis il fit le signe de la paix et tourna les talons.

-Les professeurs ne sont-ils pas censés nous dire que la gloire et la fortune ne sont pas importants et que nous devrions nous axer sur le fait d'être de bonnes personnes ? demanda Gordo quand M. Dig fut hors de portée de voix.

Lizzie réfléchit. Gordo était le preux défenseur des grands idéaux.

-C'est juste un suppléant, finit-elle par dire. Et de ce fait, je pense qu'il a le droit de nous dire la vérité.

Les trois amis étaient perplexes.

Les profs sont parfois difficiles à suivre ! songea Lizzie.

CHAPITRE DEUX

Matt, ses parents et son meilleur ami, Lanny, se tenaient à l'entrée du *2 Cool 4 U*, le magasin où sa grand-mère avait acheté le chèque-cadeau. C'était une sorte de caverne d'Ali Baba regorgeant de gadgets, d'accessoires de camping et de composants électroniques.

Matt était tout excité.

-Alors, je peux acheter ce que je veux avec mon chèque-cadeau ?

Il avait bien l'intention de trouver l'article à cinquante dollars le plus chouette du magasin... dût-il passer la journée à le chercher.

-À condition que cela ne fasse pas de flamme, dit son père.

-...et que cela ne blesse pas quand on marche dessus, ajouta sa mère.

Matt fit un petit salut.

-Compris !

Récemment, sa mère avait marché sur des tas de gadgets paternels et elle en avait un peu assez. L'achat d'un canif était donc hors de question. Matt regarda autour de lui. Les rayons regorgeaient de bric-à-brac.

-Oh ! la ! la ! Regarde-moi tous ces trucs. Qu'est-ce que je devrais prendre Lanny ?

Il n'eut pas de réponse, ce qui n'était pas inhabituel venant de Lanny, mais quand Matt se retourna, son ami avait disparu.

-Lanny ?

Il finit par le dénicher dans un immense fauteuil de massages. Il avait la télécommande à la main et se faisait masser, le sourire aux lèvres.

-Quelle bonne idée ! s'exclama Matt en se précipitant vers le fauteuil. Ça a toujours été mon rêve !

Il regarda l'étiquette et son enthousiasme retomba d'un seul coup.

-Trois mille dollars ! Viens Lanny, on ferait mieux de chercher autre chose.

Mais Lanny ne bougeait pas. En fait, il bougeait... ou plutôt il vibrait.

-Lanny, *viens.*

Matt lui attrapa le bras. Lanny fronça les sourcils.

-Viens... Lanny !

Mais Lanny lui donna des coups pour le faire lâcher. Il ne voulait pas quitter le fauteuil. Finalement, Matt laissa tomber et partit explorer le magasin. Il découvrit un instrument bizarre en forme de marteau. Il appuya sur le bouton et la chose se mit à vibrer avec une telle intensité qu'il avait du mal à la tenir. Lanny bondit de son fauteuil pour l'aider, mais même à deux ils n'arrivaient pas à maîtriser l'objet. Finalement Matt le jeta par terre et lui donna un grand coup de pied. L'objet s'arrêta.

Matt regarda autour de lui pour s'assurer qu'aucun vendeur ne l'avait vu.

-Allons voir autre chose, dit-il rapidement.

Lanny acquiesça.

Pendant ce temps, M. McGuire essayait un lit aérodynamique tandis que sa femme se regardait dans un miroir grossissant. Elle inspectait ses dents qui, dans ce miroir, avaient l'air de balles de golf. Elle regarda de plus près. C'était bizarre ! Elle n'avait jamais remarqué que l'écart entre ses dents était si grand...

Après leur aventure, Matt et Lanny décidèrent de retourner aux fauteuils de massages et de s'offrir un massage des pieds. Au bout de quelques secondes, ils riaient tellement qu'ils n'arrivaient même plus à s'extirper des fauteuils. Peu après, Lanny trouva une cravate-agenda électronique qui était dans leur gamme de prix, mais Matt n'était pas intéressé. Plus loin, ils essayèrent des chaises en forme d'œuf.

-Je l'appellerai... Petit-Moi, plaisanta Matt, en portant son petit doigt à ses lèvres.

Lanny poursuivit son chemin. Soudain il fit signe à Matt. Il avait trouvé un super jeu à réalité virtuelle et les deux amis passèrent les vingt minutes suivantes à boxer virtuellement... mais leur intérêt chuta brutalement quand ils virent le prix... plus de mille dollars.

Matt enleva son viseur et poussa un soupir. Il commençait à se dire qu'il ne trouverait rien dans le magasin qui soit dans ses prix et à son goût, quand il aperçut une chose qui lui fit battre le cœur... un hamac avec supports, ce qui signifiait qu'on pouvait l'utiliser dans un jardin comme celui des McGuire, c'est-à-dire sans arbres. Matt se précipita.

-Lanny, j'ai trouvé !

Il retourna vivement l'étiquette.

- Il était soldé à soixante-quinze dollars.

Vingt-cinq dollars de plus que le montant de son chèque-cadeau.

Lanny étira le hamac, puis regarda Matt et hocha la tête. Matt eut une idée.

-Dis, tu commences à gagner de l'argent avec ton site Web.

Lanny acquiesça.

-Et si on partageait ? Je mets mon chèque-cadeau et tu mets le reste.

Il rêvait déjà de longues journées paresseuses qu'il allait passer, allongé dans son jardin, un verre de jus de fruit à portée de la main.

-Qu'en penses-tu, Lanny ?

Pas de réponse. Son ami avait encore disparu.

-Lanny ? Lanny ?

Lanny était retourné se faire masser dans son fauteuil. Le père de Matt s'était endormi sur le lit aérodynamique et sa mère était obsédée par ses dents. Mais Matt s'en fichait. Il avait enfin trouvé le cadeau d'anniversaire parfait. Et ce n'était même pas son anniversaire.

CHAPITRE TROIS

—**M**erci à tous d'être là ce soir, annonça la jeune styliste afro-américaine de derrière le podium.

La musique hip techno hurlait à fond dans le magasin. Lizzie était aux anges. Elle portait une robe mauve absolument adorable et elle allait la garder après le défilé. Elle était quand même un peu anxieuse. Jusque-là, les prépa-ratifs avaient été très amusants. Les autres mannequins étaient vraiment sympas et la styliste-coiffeuse et maquilleuse l'avait trans-formée... Elle ne s'était jamais sentie aussi belle et elle était impatiente de défiler.

Elle essaya de se concentrer sur la voix de l'annonceuse. « Je suis Natasha O'Neal et *Teen*

Attitude est heureux de présenter *Stylin' 'N' Sassy.* Nous avons d'étonnants jeunes manne- quins dans les coulisses, qui ont hâte de faire leurs débuts...

Et ce n'est rien de le dire, se dit Lizzie en lissant sa jupe.

... alors accueillons-les chaleureusement », continua Natasha en incitant le public à applau- dir. Lizzie jeta un coup d'œil dans la salle et repéra ses amis et sa famille. Gordo et Miranda étaient installés au premier rang. Il y avait des tas de visages connus dans la foule. On aurait dit que toute l'école s'était déplacée pour voir le défilé ! Bien sûr, Kate Sanders et sa clique était aussi là. Kate était assise entre Jessica, une fille très populaire que Lizzie connaissait à peine, et − *soupir* − le bel Ethan Craft.

Comme elle n'était pas la première à sortir, Lizzie observa les autres filles marcher sur la passerelle. Les meilleures étaient celles qui étaient les plus décontractées. Je peux faire ça, se dit-elle, il faut juste que je n'oublie pas de sourire !

Finalement, ce fut son tour. Elle monta sur scène et sentit immédiatement tous les yeux braqués sur elle. À sa grande surprise, elle se sentait calme et belle. Elle fit son premier passage, un immense sourire aux lèvres, jouant même avec le petit sac en paille de sa tenue. C'était trop génial !

Au moment où elle quittait la scène, elle entendit Jessica dire à Kate : Lizzie est drôlement bonne.

Le sourire de Lizzie s'élargit.

-J'en aurais fait autant si je n'avais pas dû aller à ce stupide enterrement le jour des essais, grommela Kate.

-*Bravo* Lizzie ! lança Ethan, sincèrement admiratif.

Kate lança un regard de haine à Lizzie, mais cette dernière ne le vit pas. Elle se hâtait vers les coulisses pour se changer. Sa tenue suivante était une jupe et un chemisier vert de style hippie. Une styliste accourut pour changer sa coiffure et lui donner un petit bouquet de fleurs. Avant d'avoir le temps de dire ouf,

Lizzie était remontée sur scène et défilait comme si elle avait fait ça toute sa vie... C'était vraiment amusant !

Plus tard, alors qu'elle présentait une robe orange à grosses fleurs imprimées et qu'on lui avait piqué une fleur de même couleur dans les cheveux, elle alla même jusqu'à faire un petit signe à Miranda et Gordo. Ils l'applaudirent frénétiquement.

Mme McGuire se pencha vers son époux.

-Notre petite fille a vraiment grandi.

Elle était songeuse en regardant Lizzie marcher avec grâce sur la passerelle.

-Chérie, je viens de décréter une nouvelle règle, répondit M. McGuire. Notre petite fille n'a pas la permission de quitter la maison avant ses vingt-cinq ans.

Sa femme hocha la tête en souriant.

-Il ne nous reste plus qu'à applaudir nos merveilleux mannequins, annonça alors la voix de Natasha.

Les jeunes filles revinrent saluer en se tenant la main. Lizzie souriait jusqu'aux oreilles. Elle venait de faire son premier défilé de mode et était au septième ciel. Elle se précipita vers Miranda et Gordo sans prendre le temps de se changer... elle s'en fichait... elle voulait voir ses amis. Ils l'attendaient près de la passerelle à l'entrée du magasin.

-Hello, les amis ! lança-t-elle gaiement. Ils font un autre défilé la semaine prochaine et ils m'ont demandé d'y participer !

-C'est formidable ! s'exclama Miranda.

-Dis-donc, tu vas être célèbre, dit Gordo.

Il était fier de son amie. Lizzie eut un petit rire.

-Mais ne laisse pas tout cela te monter à la tête, ajouta-t-il, feignant le plus grand sérieux. Ne nous oublie pas, nous autres petites gens quand tu seras célèbre.

-Mais non !

Lizzie ramena une mèche de cheveux en arrière et prit une pose de star

-Ne vous en faites pas, cher.... Hum... Cher ... hum

Elle claqua ses doigts comme si elle avait

momentanément oublié le nom de son ami.

-Gordo, dit-il.

...Gordo! C'est cela !

Miranda était pliée en deux de rire.

À cet instant, Lizzie aperçut Ethan, Kate et Jessica qui arrivaient à leur hauteur.

-*Bravo*, Lizzie ! dit Ethan avec un grand sourire.

L'espace d'une seconde elle eut l'impression que le jeune homme allait s'arrêter pour bavarder, mais Kate lui donna une petite tape derrière la tête et il poursuivit son chemin.

-Te voilà ! s'exclama Jessica en s'approchant de Lizzie. On te cherchait partout !

Lizzie était perplexe. Le « on » ne semblait pas inclure Kate puisqu'elle était déjà partie.... Alors qui étaient les autres ? Et depuis quand *Jessica* voulait-elle lui parler ? Elles se connaissaient à peine. Bien sûr, Lizzie savait qui était Jessica. C'était l'une des filles les plus populaires de l'école.

-Le défilé a eu un succès fou, dit Jessica excitée, et tu avais l'air très à l'aise là-haut.

-Merci.

Lizzie était un peu intimidée. Elle ne savait pas vraiment quoi lui dire, mais Jessica reprit la parole.

-Demain après-midi, je retrouve quelques amis au club de sports de mon père. On va s'installer dans le jacuzzi et regarder le dernier DVD des *Backstreet Boys*. Tu veux venir ?

Miranda était bouche bée.

-Mais il n'est pas encore sorti !

-Mon père a tiré quelques ficelles et a reçu une copie-test...

Jessica repoussa ses cheveux auburn coupés à la dernière mode.

... Il essaie d'acheter notre affection à ma sœur et à moi.

Miranda était frimée.

-Et bien, il a la mienne, s'exclama-t-elle.

Lizzie jeta un coup d'œil à ses amis. L'invitation de Jessica la tentait vraiment, mais elle ne voulait pas qu'ils croient qu'elle allait les laisser tomber. De plus, Jessica pensait qu'elle était super juste parce qu'elle avait fait un défilé de mode, et Gordo et Miranda étaient ses amis de toujours.

-Merci, finit-elle par dire sur un ton de regret, mais Gordo, Miranda et moi avons prévu d'aller voir un film demain.

-Oh.. mais ils peuvent venir aussi... s'ils veulent, offrit Jessica.

Elle regarda Miranda et Gordo comme si elle n'était pas sûre qu'ils disent oui.

-Bien sûr qu'ils veulent, s'exclama Miranda.

-Mettons les choses au clair, dit Gordo à Lizzie. C'est juste parce que tu as fait un défilé de mode que nous sommes subitement invités dans un club de sports pour sortir avec des jeunes populaires qui nous ont toujours ignorés jusque-là, c'est ça ?

Jessica baissa les yeux ; elle était un peu embarrassée.

-Nous n'avons pas à y aller si tu ne le veux pas, dit Lizzie doucement.

-Ça ne va pas la tête ! Je voulais juste que

les choses soient *claires*. Je n'ai encore jamais été dans un club de sports. Ça va être génial !

Lizzie et Jessica échangèrent un sourire. Les choses étaient arrangées, et Gordo avait raison... ça allait être génial....

Difficile de faire mieux !

Perchés sur la terrasse, Matt et Lanny contemplaient la pelouse des McGuire.

-Prêt ? demanda Matt.

Lanny acquiesça.

Matt sauta et se précipita vers la pile d'objets qu'ils avaient préparés sur la pelouse. Lanny avait dépensé une bonne part de l'argent de son site Web pour acheter quelques « extras » pour aller avec le hamac. Les deux amis étaient déterminés à transformer le jardin des McGuire en un paradis... le plus grand des États-Unis... après Hawaï bien sûr.

Lanny déballa les torches tiki, pendant que Matt plaçait un faux palmier, un gros strelitzia et une table près du hamac. Lanny ouvrit un parasol multicolore géant que Matt, debout sur la table, accrocha à la tête du hamac. Finalement, tout fut prêt. Les amis se serrèrent la main et Matt courut à la cuisine chercher leurs boissons. Lanny avait même acheté deux verres spéciaux en plastique - un en forme d'ananas pour Matt et un en forme de noix de coco pour lui - Matt les remplit de cola, y plaça des petits parasols de papier et rejoignit son ami. Ils embrassèrent la scène du regard. Aucun doute possible... le hamac semblait accueillant.

Ils s'y installèrent confortablement et trinquèrent leurs verres.

-Ça, c'est la belle vie ! dit Matt.

Mais leur bonheur fut de courte durée car un craquement énorme lui fit écho... *crrrrrrac*... et le hamac se partagea en deux.

-Aïe ! cria Matt.

Le cola s'échappa des verres, aspergeant les deux garçons qui roulaient sur la pelouse. Le hamac était fichu, et du même coup tous les trucs qu'ils avaient achetés pour créer leur petit paradis. Mais Matt avait un autre problème.

-Lanny... grogna-t-il... tu m'écrabouilles.

-Vise ce canapé de crevettes !

Gordo était en extase devant le plateau d'argent chargé de canapés que le serveur lui présentait. Il sortit la main du jacuzzi, prit un canapé et mordit dedans vigoureusement. Des miettes tombèrent dans l'eau. Lizzie et Miranda firent la moue. Il était clair que leur ami profitait de tout ce qu'on lui offrait. Avec ses énormes lunettes de soleil - c'était celles de son père et elles étaient trois fois trop grandes - et ses cheveux collés par la chaleur, Gordo ressemblait à un gros insecte mangeant une miette.

-Hum ! Que c'est bon ! dit-il la bouche pleine. Vous devriez essayer. J'en veux un autre.

Il fit signe au serveur.

Lizzie leva vivement la main.

-Non merci Gordo.

Elle le regarda enfourner le canapé, faisant tomber encore plus de miettes dans le bassin. Ça devenait franchement dégoûtant. Elle eut envie de bouger.

-Vous voulez quelque chose à boire ? demanda-t-elle à la ronde.

-Essaie le thé glacé, conseilla Gordo. Il a une pointe de menthe dedans et est très rafraîchissant.

Gordo avait passé la majeure partie de sa journée à essayer tout ce que le club avait à offrir, des balles de golf gratuites aux serviettes de bains parfumées, et Lizzie soupçonnait que si on le laissait faire, il s'y installerait à demeure.

-Rien pour moi, merci, dit Jessica.

Miranda se leva en même temps que Lizzie

-On revient dans une minute, dit-elle.

Les deux filles se dirigèrent vers le bar et firent la queue.

-C'est vraiment génial ! dit Miranda. Tu aurais dû être mannequin depuis des années.

-Oui, dit Lizzie. Peut-être que Mme Thalmheimer m'aurait alors fait jouer la princesse Blanche au lieu du mouton dans le spectacle de fin de cinquième année.

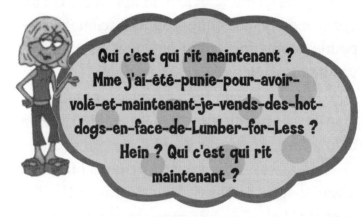

Qui c'est qui rit maintenant ? Mme j'ai-été-punie-pour-avoir-volé-et-maintenant-je-vends-des-hot-dogs-en-face-de-Lumber-for-Less ? Hein ? Qui c'est qui rit maintenant ?

Deux filles quittaient le bar avec leurs boissons. *Oh ! Oh !* L'une d'elles était Kate. Lizzie se blinda à l'avance des paroles acerbes que son ex-amie n'allait pas manquer de lui lancer. À sa grande surprise, Kate se tourna vers la fille qui l'accompagnait et se mit à rire nerveusement.

-Lizzie !

Kate était tout sourire comme si elles étaient les meilleures amies du monde.

-J'ai entendu dire que tu allais bosser avec le magazine *Teen Attitude* ?

-Oh ! Ils m'ont simplement appelée hier soir après le défilé pour que je fasse quelques séances de photos, répondit Lizzie nonchalamment.

Elle inspectait ses ongles comme si c'était la chose la plus excitante à faire à ce moment-là.

-On a entendu dire que tu allais faire la couverture, s'exclama Kate. C'est génial !

-Génial est le mot juste ! coupa Miranda. Lizzie va être célèbre.

-Quel genre de vêtements vas-tu porter ? reprit Kate. Et où se passe la séance de photos ?

Miranda la coupa.

-Lizzie n'est pas là pour donner des interviews toute la journée. Elle aimerait bien avoir la paix.

-D'accord, d'accord, concéda Kate, ne voulant pas ennuyer la star.

Lizzie fixa Miranda. Depuis quand son amie gérait-elle les gens pour elle ?

-J'aimerais avoir la paix ?

-Exactement.

Miranda lui prit le bras et l'entraîna vers le buffet. Kate s'écarta.

-Pourquoi ne retournes-tu pas dans le jacuzzi, suggéra-t-elle. J'apporterai ta boisson. Que veux-tu ?

Lizzie haussa les épaules.

-De l'eau.

-De quelle sorte ?

Lizzie était perplexe.

-De la sorte... mouillée.

-Ils ont de l'eau gazeuse d'Italie, de France et de Suisse, annonça Miranda. Et aussi artésienne des Alpes juliennes en Slovénie, de l'eau de source de l'Utah....

Lizzie secoua la tête... la liste de Miranda l'étourdissait. Elle n'aurait jamais cru qu'il y avait autant de sortes d'eau dans le monde.

-Je vais prendre du thé à la place.

-D'accord. Alors ils ont du thé à la mangue, à la framboise, au citron, à la menthe, à la cannelle...

La liste de Miranda n'en finissait plus. N'y avait-il donc aucune boisson facile à demander dans ce club ? Quand Miranda attaqua les variétés à la cerise, Lizzie abandonna et laissa son amie décider pour elle. C'était plus simple que d'écouter ses listes à rallonges !

Est-ce que tout cela est si important pour les gens ? se demandait-elle, tandis que le serveur préparait sa commande. Je vais laisser Miranda gérer tout cela, décida-t-elle.

-Merci papa.

Un homme d'un certain âge en tenue de tennis tendait un cocktail de fruits à Jessica.

Aux anges, Gordo n'arrêtait pas de bavarder.

-Je connais Lizzie depuis des années, et j'ai toujours su qu'un jour quelqu'un la remarquerait... c'est pourquoi je l'ai mise dans tous mes films. Si tu veux passer à la maison un de ces quatre, je te les montrerai.

Jessica se pencha vivement vers lui.

-Est-ce que Lizzie viendrait ?

-Oui... bien sûr qu'elle viendrait.

Jessica lui fit son plus beau sourire.

-Alors c'est bon ! Que dirais-tu de dimanche prochain ?

Lizzie et Miranda reprirent leurs places dans le jacuzzi. Lizzie n'avait aucune idée du nom de sa boisson, mais ce qu'elle savait c'est que c'était vert et que cela avait bon goût. Celle de Miranda était rouge... à la fraise, probablement. Elle but une gorgée. Son amie avait eu la main heureuse; c'était absolument délicieux.

-Lizzie, dit Gordo, dimanche prochain nous allons tous chez Jessica pour voir des films. Elle a une TVHD avec son d'ambiance.

Lizzie fit une moue désappointée.

-Oh, je ne peux pas ! J'ai un autre défilé.

-C'est seulement l'après-midi, fit remarquer Miranda, et tu es libre à sept heures.

-On fera donc ça à sept heures, décida Gordo.

-Super, dit Jessica.

-Super, répéta Gordo.

Miranda leur fit écho.

Lizzie hésitait.

-Attendez...

-Quoi ? demanda Gordo.

Je n'ai pas forcément envie de passer tout mon temps dans un jacuzzi avec des gens branchés !

Lizzie réfléchissait. Est-ce que je deviens folle ? Je dois débloquer. Cette pensée est insensée ! Elle finit par hocher la tête.

-C'est bon pour dimanche à sept heures.

-Parfait, dit Miranda. Et samedi soir nous pourrions tous aller en boîte.

-Oh oui ! s'exclama Jessica. C'est généralement super dur d'entrer au *Shango Tango*, mais
si on est avec Lizzie, ça ne devrait pas poser
de problème.

Le Shango Tango était la boîte la plus en
vogue du moment.

Jessica sourit à Miranda qui sourit à Gordo.
Tout le monde avait l'air content. Tout le
monde... sauf Lizzie. Pourquoi se sentait-elle
bizarre ? Ne devrait-elle pas juste se détendre et
s'amuser ? Elle poussa un soupir. Depuis quand
s'amuser semblait-il être autant de travail ?

CHAPiTRE QUATRE

Le lundi suivant, alors que Lizzie arrivait au bas des escaliers qui menaient à son vestiaire, elle remarqua une fille qui la dévorait des yeux. C'était étrange ! Trois pas plus loin un garçon faisait de même. Que se passait-il ? Est-ce que j'ai le nez de travers ? se demanda-t-elle. Le hall était étrangement silencieux. Elle se retourna. Tous les élèves s'étaient arrêtés en haut des marches et la regardaient sans mot dire. Cela lui donna la chair de poule et elle allait leur demander si elle avait un truc horrible collé dans les cheveux quand elle entendit enfin une voix familière.

Kate se précipitait vers elle.

-Lizzie ! Dis donc, ton chemisier est drôlement chouette.

-Merci.

Lizzie regarda son chemisier violet ; c'était l'un de ses préférés.

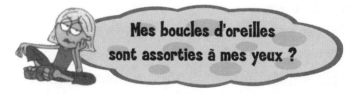

Attends une seconde. Je porte ce chemisier tout le temps.

-Et tes boucles d'oreilles sont assorties à tes yeux.

Mes boucles d'oreilles sont assorties à mes yeux ?

Lizzie imagina soudain deux globes oculaires pendus à ses oreilles. C'était définitivement le compliment le plus bizarre qu'elle ait jamais entendu. Mais Kate n'avait pas fini.

-Et tes chaussures sont géniales aussi...

Lizzie regarda ses baskets usées.

-Merci.

J'ai besoin de bottes de caoutchouc avec tout le fumier qu'elle me lance dessus.

Combien de faux compliments allait-elle devoir écouter avant que Kate vienne au but ?

-Alors on se voit au *Shango Tango* samedi ? demanda la jeune fille avec espoir.

C'était donc ça ! Kate voulait sortir avec elle pour pouvoir entrer au club. Lizzie eut un petit sourire.

-Oui... j'ai hâte, dit-elle sans joie..

Kate se mit à rire nerveusement, frappa dans ses mains et s'enfuit à toutes jambes. Lizzie soupira. Le prix de la popularité est-il donc si élevé ?

Elle aperçut la silhouette d'Ethan non loin d'elle. Il lui tournait le dos et parlait à un copain.

Voilà ma chance ! songea-t-elle. Il avait l'air sincèrement impressionné lors du défilé. Pour une fois, elle pourrait peut-être pouvoir lui parler sans se sentir ridicule. Elle lissa son chemisier et s'approcha de lui.

-Salut Ethan !

Le jeune homme se retourna et resta bouche bée en voyant Lizzie.

-Moi ? dit-il d'un ton incertain... Salut !

Il baissa les yeux.

Lizzie ne savait pas trop comment engager la conversation.

-Alors... qu'as-tu pensé du test d'anglais ? demanda-t-elle.

Ethan hésita.

-Hum... je... je ne sais pas... Qu'est-ce que tu en as pensé, *toi* ?

-Oh, je l'ai trouvé vraiment dur, répondit-elle en riant.

Ethan reprit précipitamment.

-Oui, oui, c'est ça, il était dur... il était vraiment dur.

Lizzie fronça les sourcils. Ethan se comportait bizarrement ; il se tortillait comme un ver au bout d'un fil.

-Tu te sens bien ?

-Je ne sais pas... qu'en penses-tu ? balbutia-t-il.

Son regard était partout sauf sur Lizzie - on aurait dit qu'il était trop nerveux pour lui faire face.

-Je veux dire... je... tu... il faut que j'y aille.

Ethan s'enfuit à toutes jambes.

Oh ! Oh ! songea Lizzie. Les choses empirent.

Depuis quand est-ce que j'intimide Ethan Craft ?

Ce serait en fait cool si cela ne me donnait pas la chair de poule. Elle ouvrit son vestiaire et commença à ranger ses affaires, mais soudain elle eut l'impression que ses cheveux se dressaient sur sa tête. Elle se retourna vivement et vit un des gamins du *Chess Club* qui la fixait, la bouche grande ouverte.

Elle claqua la porte de son casier.

-Salut ! dit-elle.

Miranda et Gordo arrivèrent sur ces entrefaites. Miranda chassa le gamin.

-Prends une photo pendant que tu y es ? lui cria-t-elle. Ça dure plus longtemps.

Gordo regarda le gosse détaler.

-Je suis contente de vous voir, dit Lizzie, soulagée. Ce truc de mannequin commence à faire flipper tout le monde.

Gordo leva les sourcils.

-Pas tout le monde quand même...

-Kate Sanders m'a inondée de compliments, dit Lizzie, et Ethan Craft est subitement plus timide qu'une puce. Les gens agissent différemment depuis que je suis une « célébrité ».

Lizzie fit la grimace et le signe des guillemets sur le mot célébrité.

-Préférerais-tu que Kate soit méchante avec toi comme à son habitude ? demanda Miranda.

-Non, protesta Lizzie, mais c'est juste tellement.... bizarre. Les gens qui ne m'aimaient pas avant veulent maintenant être mes meilleurs amis.

-Qu'importe ! dit Miranda. Nous sommes populaires maintenant.

Lizzie fronça les sourcils.

-Nous ?

-Toi, corrigea Miranda. *Tu* es populaire.

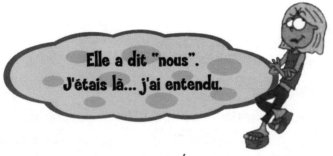

Elle a dit "nous".
J'étais là... j'ai entendu.

Lizzie était perplexe. Était-il possible que sa meilleure amie l'utilise aussi... pour être populaire ?

-Tu es populaire, insista Gordo. Justement, Whitney Nussbaum voudrait que nous allions à sa bar-mitsva samedi. Ils distribuent des téléphones portables gratuits comme cadeaux.

-Je ne peux pas, dit Lizzie irritée. Je ne peux pas aller au *Shango Tango* le samedi soir et à une bar-mitsva pendant la journée. J'ai un devoir à faire sur *Lord of the Flies*.

-Je l'écrirai pour toi, offrit Gordo.

Les yeux de Lizzie s'arrondirent de surprise.

-Tu dis toujours que faire les devoirs de quelqu'un d'autre est mal, dit-elle. Je te l'ai demandé un million de fois.

-Ce sont des circonstances extraordinaires, expliqua-t-il doucement, et tu as un planning très chargé. J'écrirai le devoir.

-Problème résolu, dit Miranda gaiement. À plus !

Sur ces mots, elle partit avec Gordo.

Problème non résolu !
Gros problème ! Mes amis deviennent dingos !

Lizzie regarda ses amis s'éloigner en bavardant. Ils sont sans doute en train de planifier mes prochaines activités, se dit-elle. Elle se sentait misérable. Est-ce que j'aurai du temps à moi mardi prochain à 4 h 30 ? *Grrrrr.*

C'est horrible. Gordo et Miranda ne sont plus mes amis. Ils sont.... mes "employés".

CHAPiTRE CiNQ

Alors qu'elle se dirigeait vers sa classe, Lizzie nota d'autres anomalies. Le hall qui habituellement était un lieu où le niveau sonore était généralement celui réservé aux concerts de rock, était mortellement silencieux. Tout le monde la regardait. Cela lui rappela une maison à surprises où elle était allée quand elle avait six ans, dont les murs étaient couverts de vieux tableaux de personnages qui vous suivaient des yeux. Elle avait eu tellement peur que son père avait dû sortir précipitamment en la tenant sous le bras, et elle ne s'était calmée que lorsqu'il lui avait promis qu'ils allaient rentrer chez eux et ne reviendraient jamais dans cet endroit. Et maintenant il se passait la même chose dans sa propre école !

Arrête de me regarder comme ça ! Je ne suis pas une célébrité ! Je suis un être humain !

Une vague de panique la submergea; elle se rua dans la salle de classe la plus proche et claqua la porte. Elle jeta un coup d'œil dans le hall par la vitre en haut de la porte, mais personne ne l'avait suivie. Elle se mit la main sur les yeux pour réfléchir. Voici ce que je vais faire, se dit-elle. Quand la cloche va sonner et que le hall sera vide, je foncerai en géométrie et me glisserai discrètement jusqu'à ma place...

Une voix amicale la fit sursauter.

-Salut ! Comment vas-tu ?

-Ouh !

Lizzie fit demi-tour.

-Désolé ! Est-ce que je t'ai fait peur ?

M. Dig était assis à son bureau. Le tableau derrière lui était rempli de noms de pays étrangers.

Lizzie secoua la tête.

-Non. C'est juste que....

Soudain, un éclair de flash éclata. M. Dig venait de la prendre en photo ! Lizzie avait l'impression de rêver.

-Merci, dit-il en saisissant le polaroïd. Mon neveu ne voulait pas croire que je connaissais le nouveau mannequin de *Teen Attitude*.

-Super, marmonna Lizzie d'un ton sarcastique. Si vous vous y mettez aussi !

-Quoi ? Les autres vendent aussi ta photo à mon neveu ?

Les sourcils de Lizzie se froncèrent.

-Vous vendez ma photo à votre neveu ?

C'était de pire en pire !

Flash ! Le flash éclata à nouveau.

-J'ai aussi une nièce.

Il agita la photo, puis fronça les sourcils.

-Qu'est-ce qui te tourmente ?

Lizzie croisa les bras.

-Tout le monde agit bizarrement. Gordo m'utilise pour se faire inviter et Miranda fait mes horaires. J'en ai ras le bol.

-Ah ! Ah ! dit M. Dig, comme s'il comprenait parfaitement. Je ne connais pas ces gens-là.

Lizzie ouvrit de grands yeux.

-Et bien, ils sont supposés être mes amis. Mais depuis ce défilé, ils me traitent tout à fait différemment.

Elle soupira.

-Je comprends. Et tu n'as pas envie qu'ils agissent comme une clique.

-C'est ça !

Lizzie était soulagée. Enfin, quelqu'un qui la comprenait. Elle continua doucement :

-Alors.... que dois-je faire ?

-Traite-les comme ta clique.

Lizzie lui jeta un regard dubitatif. Pourquoi est-ce que je perds mon temps à demander des conseils à des profs ? se demandait-elle.

M. Dig reprit :

-Écoute ! Tu es devenue une célébrité et c'est dans la nature humaine de te traiter différemment. Si tu veux qu'ils redeviennent tes amis, tu dois leur montrer pourquoi ils ne devraient pas agir comme de misérables petits chiens serviles.

J'aime les suppléants. Ils enseignent des trucs utiles.

Lizzie leva les sourcils. M. Dig marquait un point.

-Alors en tant que prof, vous me dites de traiter mes amis comme des chiens ?

-Non. Je te parle en tant qu'ami. En tant que *prof*, je te dis que la France exporte des produits pour l'aérospatiale et que l'Italie a la forme d'une botte.

Lizzie se mordit les lèvres. Parfois M. Dig était vraiment incohérent...

-J'enseigne la géographie cette semaine, et j'aurai des ennuis si je dévie du plan de leçon.

Il reprit son appareil photo et le dirigea vers Lizzie.

-Dis *cheese*, dit-il gaiement.

Lizzie cligna des yeux sous le flash, mais elle s'en fichait maintenant. Quelques photos étaient un faible prix à payer si cela voulait dire qu'elle allait pouvoir récupérer ses amis.

* * *

-Laisse-moi lui parler, d'accord Lanny ?

Matt et son ami étaient dans l'entrée du *2 Cool 4 U*. Ils tenaient une longue boîte dans laquelle ils avaient mis le hamac déchiré. Ils se dirigèrent vers un jeune vendeur à bouc, qui semblait tester un tapis roulant.

-Matt, laisse-moi m'en occuper, dit son père.

Il mit la main sur l'épaule de son fils.

-Excusez-moi, dit-il au vendeur.

Le vendeur l'ignora.

-Excusez-moi, répéta M. McGuire

Le vendeur leva les yeux.

-Je fais de l'exercice, dit-il d'un ton cassant, sans arrêter de marcher. J'en ai encore pour vingt minutes.

M. McGuire eut un petit rire gêné.

-Hum... mon fils a acheté ce hamac l'autre jour et quand nous l'avons rapporté à la maison, il s'est déchiré en deux, dit-il poliment. Nous voudrions être remboursés.

-Oh ! Je vois, dit le vendeur en souriant d'un air narquois. C'est non !

M. McGuire mit les mains sur ses hanches.

-Pardon ?

-Pas de remboursement sur les articles soldés, aboya le vendeur.

-Mais il était déchiré ! protesta Matt.

-C'était un article défectueux, reprit son père.

Lanny hocha la tête.

-Alors il n'aurait pas dû l'acheter, reprit le vendeur d'un ton railleur. Maintenant filez, je dois finir mes exercices.

Il augmenta un peu la vitesse du tapis roulant.

Matt lâcha la boîte. Il commençait à s'impatienter.

-Ça suffit comme ça ! Lanny, rentre-lui dedans !

Lanny fit jouer ses muscles et se mit à respirer à la façon d'un taureau.

Le vendeur ouvrit de grands yeux.

M. McGuire se pencha vers les garçons.

-Matt, je vais voir le directeur.

Il se tourna ensuite vers Lanny qui faisait toujours son visage de taureau furieux, les narines frémissantes. Il lui donna une petite tape sur l'épaule.

-Merci, Lanny.

Réalisant finalement que la tactique d'intimidation de Lanny ne marchait pas, Matt fit le tour des lieux du regard à la recherche d'une autre solution. Il aperçut un rouleau de ruban adhésif sur une étagère.

-Hé ! dit-il gaiement, peut-être qu'on peut réparer le hamac.

Il regarda le vendeur et lui montra le ruban.

-Excusez-moi monsieur, pensez-vous que nous puissions utiliser ce ruban pour réparer le hamac ?

-J'ai plutôt envie de l'utiliser pour vous fermer la bouche, répondit-il sarcastique.

-Ha ! ha ! ha ! La bonne blague, dit Matt de son meilleur ton je-ne-vais-pas-vous-le-dire-mais-vous-êtes-un-idiot. Très intéressant !

Ses yeux se plissèrent. Il avait une idée ! Il se rua vers le guidon du tapis roulant et y ficela le poignet droit du vendeur avec le ruban adhésif.

-Aide-moi, Lanny !

Il passa le rouleau à son ami qui attacha l'autre poignet. Matt eut un sourire diabolique.

-Lanny, tu crois que ce tapis roulant a plus de puissance ?

Le vendeur n'avait pas encore réalisé comment il en était arrivé là quand Lanny poussa le bouton. Maintenant, il ne marchait plus... il courait !

-Hé ! Qu'est-ce que vous faites ?

Matt s'amusait comme un petit fou.

-Oui, il en a.

Il poussa à son tour le bouton.

-Arrêtez ça !

Les pieds du vendeur touchaient à peine le sol tant il allait vite.

-Lanny, dit Matt, chatouille-le.

Lanny se mit à l'œuvre.

-Non ! Non !

Le vendeur riait et hurlait à la fois.

-D'accord, d'accord ! Prenez un hamac neuf ! Prenez un hamac neuf !

Matt lui lança son sourire le plus sarcastique.

-Bon exercice !

-Lizzie ? Où es-tu ?

Miranda passa la tête à la porte d'entrée des McGuire.

-Je suis dehors !

Gordo entra derrière Miranda. Ils traversèrent la maison et sortirent sur la terrasse où Lizzie se prélassait sur une chaise longue, lisant un magazine de mode et sirotant un cocktail de fruits. Elle avait des lunettes de soleil rose, une grosse rose en tissu dans les cheveux et un long peignoir brodé et piqué de plumes turquoise. Ses cheveux étaient impeccablement coiffés et elle avait mis une ombre à paupières bleu pâle assortie à son vernis à ongles.

Miranda et Gordo restèrent debout près de la chaise longue.

Début de l'opération morveuse superstar !

-M'avez-vous apporté les bonbons haricots que je voulais ?

Lizzie parlait d'une voix traînante sans lever les yeux de son magazine. Elle tourna une page bruyamment.

-Heu....

Miranda regarda Gordo.

-Tu ne nous as pas demandé de bonbons haricots.

Lizzie lança son magazine par terre

-Alors... il faut que je *demande* maintenant ? Il y en a à la cuisine. Peux-tu aller m'en chercher ?

-... bien sûr.

Confuse, Miranda se gratta la tête, mais elle partit vers la cuisine.

Lizzie croisa les bras et fit la moue.

-Où est mon devoir ? demanda-t-elle à Gordo.

Le jeune homme lui tendit les pages.

-Tout chaud sorti des presses !

Lizzie parcourut la page de garde et lut la première ligne.

-Non, non, non, dit-elle d'un ton méprisant. Ce n'est pas assez bon.

Elle prit le papier, se moucha dedans, le froissa et le jeta de côté.

-Refais-le, commanda-t-elle.

-Mais j'ai passé trois heures dessus, protesta Gordo.

Il fixait la boule de papier par terre.

-Alors, passe-en quatre.

Lizzie prit un air hautain et agita vaguement la main.

-Fais-le plus... drôle.

-Drôle ? répéta Gordo. *Lords of the Flies* raconte l'histoire d'enfants naufragés qui se mangent les uns les autres.

Lizzie leva les yeux.

-Cela ne veut pas dire que ça doit être ennuyeux.

Elle tendit un ongle bleu vers lui.

-Fais-le, sinon... pas de *Shango Tango* ce soir.

Miranda revenait avec un bol de bonbons haricots. Elle le donna à Lizzie.

-Tiens !

-Berk... tu n'as pas enlevé les verts.

-Je ne savais pas que je le devais.

Miranda reprit le bol.

-Je n'ai pas besoin d'excuses, s'impatienta Lizzie.

Elle enleva ses lunettes roses et se leva.

-À quoi me servez-vous si vous ne pouvez rien faire de correct ? Ça vous amuse de faire n'importe quoi ?

Son ton montait.

-Ça vous plaît d'agir comme des petits chiens ? Vrai ? Alors, aboyez !

Hors d'elle, Lizzie criait.

-Allez-y... aboyez comme des chiens !

-Tu.... plaisantes, n'est-ce pas ? dit Gordo.

-Tu veux aller à la bar-mitsva de Whitney Nussbaum avec moi ? Alors aboie.

Elle attendit.

-*J'ai dit aboie !* brailla-t-elle.

Miranda regarda Gordo.

-Ouah, dit-il finalement.

-Ouah, ouah, fit Miranda à son tour.

-C'est pathétique !

Lizzie faisait de grands gestes impatients avec ses lunettes.

-Je ne sais pas pourquoi je perds mon temps avec vous.

Miranda et Gordo la regardaient, choqués.

-J'ai décidé de m'entourer de gens plus intelligents.

Lizzie les poussa hors de son chemin.

-Poussez-vous ! commanda-t-elle.

Gordo et Miranda s'écartèrent. La jeune fille entra en trombe dans la cuisine.

Miranda et Gordo échangèrent un regard. Ils étaient sans voix.

Lizzie attendit quelques instants puis ressortit.

-N'était-ce pas horrible ? dit-elle gentiment.

-Heu... oui, dit Miranda.

-Mais vous avez compris, n'est-ce pas ?

-Tu as complètement changé de bord ? suggéra Gordo.

-Non, dit Lizzie en secouant la tête. C'est vous mes amis qui avez changé.

-Mais non ! protesta Gordo.

-Gordo ! Tu m'as laissée me moucher dans ton devoir !

Lizzie montra la boule de papier sur le sol.

-Et Miranda tu m'as laissée te donner des ordres. Juste parce que je suis devenue célèbre.

Lizzie leur fit les yeux ronds.

Gordo et Miranda restèrent silencieux un moment.

-Je crois que je me suis laissé emballer par tout ce truc de club, admit finalement Gordo.

Lizzie acquiesça.

-Vous n'avez pas besoin de me traiter différemment. J'ai besoin que vous soyez mes amis, pas ma clique.

-Hum... je devrais peut-être régresser au point où je refuserais de t'aider dans tes devoirs, proposa Gordo.

-Et je devrais te dire quand tes fringues te font ressembler à un dindon et tes cheveux à une autruche, renchérit Miranda.

Soulagée, Lizzie leur sourit.

-Merci.

Miranda regardait les plumes sur le peignoir de Lizzie.

-... avec ce truc, par exemple,... on dirait que tu mues.

Lizzie était ravie. Ses amis avaient enfin compris. Mais le plus dur restait à dire et ils allaient peut-être avoir du mal à l'avaler.

-Le truc c'est .... Lizzie hésitait.... que tous les autres me traitent différemment... alors j'ai décidé d'arrêter d'être mannequin.

Gordo soupira.

-Adieu jacuzzi et canapés de crevettes...

Lizzie continua :

-Mais le petit problème, c'est que j'ai un contrat avec *Teen Attitude*.

Il y eut un moment de silence que Miranda finit par rompre.

-J'ai une idée. Tout ce que tu dois faire c'est un *mauvais* défilé.

Gordo la regarda épaté. Elle avait raison.

Lizzie sourit. Elle avait vraiment retrouvé ses amis.

-C'était Cheyenne Keegan, dans la nouvelle collection Décontracté de Lorenzo, annonçait Natasha au microphone. Sur la passerelle du défilé de *Teen Attitude*, un mannequin présentait une ravissante robe courte couleur lavande. Comme la musique techno était poussée au maximum, personne ne remarqua Gordo qui s'approchait discrètement de la table d'harmonie, un Walkman et un adaptateur à la main.

-Accueillons maintenant Lizzie McGuire dans une nouvelle tenue de soirée d'Andrea Taylor, Élégance en Ivoire, continua Natasha. Le public se mit à applaudir.

Gordo fit ses branchements à toute vitesse et appuya sur le bouton « lecture ». Une musique de quadrille éclata au moment où Lizzie montait sur le podium, vêtue d'un caleçon long blanc cassé. En fait, il *avait été* blanc... mais c'était de l'histoire ancienne car il n'avait pas été lavé depuis près de trois ans. Et de plus il était déchiré aux genoux et aux aisselles. Lizzie avait noirci deux de ses dents de devant et avait pris une cuisse de dinde comme accessoire. Elle mordit dans la dinde et se mit à mastiquer bruyamment.

Quelques applaudissements timides éclatèrent dans le public, mais furent de courte durée. Les gens se regardaient, perplexes.

Bon, se dit Lizzie après son premier passage, ils doivent penser que c'est une mode avant-gardiste. Il va falloir que je fasse pire. Elle secoua sauvagement ses cheveux sales en faisant demi-tour, se gratta sous les aisselles puis la fesse droite pour faire bon poids bonne mesure. Oui, songeait-elle en quittant la passerelle, il n'y avait rien de mieux qu'Élégance en Ivoire.

Gordo était hilare. Il mit un solo de tuba pour le second passage de Lizzie qui en profita pour jeter sa cuisse de dinde sur les genoux de Kate.

-Berk !

Horrifiée, Kate se leva précipitamment.

Sans se démonter le moins du monde, Lizzie avançait sur la passerelle à grands pas lourds et sans grâce ; finalement elle trébucha et renversa le panneau *Teen Attitude* VOUS AUJOURD'HUI. En se redressant, elle adressa un grand sourire au public, découvrant largement ses dents noires.

-Tu as encore du chemin à faire pour être gracieuse, lança Miranda.

Lizzie prit la mouche.

-Comment oses-tu me parler ? Pour qui tu te prends ?

-Pas pour une dinde comme toi.

Miranda lui donnait la réplique, fidèle au scénario qu'elles avaient répété la veille dans le jardin des McGuire.

-*Je ne crois pas....*

Lizzie sauta sur Miranda, la faisant tomber de sa chaise.

Gordo mit alors un morceau de piano effréné, tandis que les deux filles roulaient dans la poussière. Les gens s'écartèrent et commencèrent à quitter la salle. Les filles se colletaient maintenant sur une table chargée de vêtements.

Natasha accourut au bout de la passerelle.

-Lizzie, ça suffit ! hurla-t-elle.

Mais Lizzie ne s'arrêta pas. Les deux amies avaient convenu qu'elles continueraient jusqu'à ce qu'elles obtiennent ce que Lizzie voulait.

-Arrête !

Natasha se pencha pour essayer de les atteindre, mais les filles étaient trop loin. Elle était furieuse.

-C'est fini, lança-t-elle finalement, il n'y pas de place pour une fille comme toi à *Teen Attitude.*

Elle rejeta ses longs cheveux noirs en arrière et s'éloigna sans se retourner.

Bingo ! Lizzie et Miranda s'arrêtèrent net, le sourire aux lèvres. Lizzie n'était plus un mannequin. Elles avaient réussi.

L'après-midi suivant, les trois amis étaient allongés sur des chaises longues dans le jardin des McGuire, chacun plongé dans sa lecture préférée. Lizzie avait un magazine de mode, Miranda un livre et Gordo un manuel technique sur la construction des fusées.

-Miranda ! dit Lizzie en tournant les pages de son magazine, tu veux bien aller me chercher un chocolat chaud ?

Miranda ne leva même pas les yeux de son livre.

-Vas-y toi-même.

Lizzie se tourna vers son autre ami.

-Et toi, Gordo ?

-*Pfft !* fut sa seule réponse.

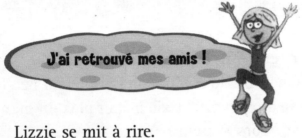

Lizzie se mit à rire.

-D'accord, j'y vais.

Elle posa son magazine et s'extirpa de sa chaise longue.

-Pourrais-tu... heu... m'apporter quelque chose ? demanda alors Gordo.

Lizzie lui jeta un coup d'œil par-dessus son épaule.

-*Pfft !*

Gordo se mit à rire.

Non mais, songea Lizzie en rigolant, qu'est-ce qu'il s'imagine celui-là ?

DEUXIÈME PARTIE

CHAPiTRE UN

−Biologie ! grommela Gordo.

Il s'approcha de Lizzie et de Miranda qui étaient installées sur la terrasse de la cantine.

Son ami avait un air si pitoyable que Lizzie se retint d'éclater de rire. Il avait plus de livres sur les bras que la Librairie du Congrès.

-Géologie. Histoire du monde. Algèbre intermédiaire...

Il posa lourdement les livres sur la table.

-Merci, dit Miranda, mais nous essayons de manger.

Elle regarda la pile avec répugnance et poussa son assiette loin de cette vision offensante.

-Manger ? reprit Gordo. Comment pouvez-vous manger quand on a tant de devoirs à faire ? Qui a le *temps* de manger dans ces conditions ? Et tous les trucs à lire... et les rapports. Qui aurait cru que la huitième année serait si difficile ?

Il jeta un regard sombre sur ses livres.

Oh ! Oh ! se dit Lizzie. Gordo adore l'école. Donc s'il pense qu'il y a trop de travail, ça doit être vrai. Et ce n'est que notre première semaine ! Mais elle n'allait pas laisser Gordo lui casser le moral. Elle était passée en huitième année et avait bien l'intention de briller.

-Ne m'en parle pas, répondait Miranda. J'ai dû aller au tableau en classe de français et conjuguer un verbe devant tout le monde... elle leva les mains au ciel.... je n'y arrive même pas en anglais !

Lizzie essaya de les dérider.

-Allons, les amis. C'est quand même génial d'être en huitième année !

-Igné ou sédimentaire ? demanda Gordo, en levant son livre de géologie.

-Je suis sérieuse. Nous avons de l'expérience maintenant. Il y a une classe entière de gens plus jeunes que nous qui essaient d'appréhender ce que nous savons déjà.

Elle serra les poings en signe de triomphe.

-Nous sommes des huitièmes ! Et regardez-les.

Bon, il va falloir que je sois encore plus claire.

Elle leur indiquait un groupe de jeunes qui tenaient leurs cahiers et leurs livres serrés sur leur poitrine et regardaient timidement autour d'eux.

Lizzie poursuivit :

-... ils sont jeunes, craintifs, nerveux, alors que nous... elle croisa les bras... nous sommes plus âgés... plus sages... et avons de l'*assurance*.

Elle regarda son chemisier à carreau et sa jupe en denim. Ses cheveux bouclés étaient retenus par un bandeau étroit à paillettes. Et nous sommes *définitivement* plus à la mode, ajouta-t-elle mentalement.

Miranda leva les sourcils ; ils disparurent sous sa frange épaisse.

-Excuse-moi. Viens-tu de dire que tu avais de l'assurance ?

Elle était amusée. Lizzie était plutôt célèbre pour son manque d'assurance.

-C'est vrai que c'est plutôt sympa d'avancer dans le hall en sachant où tu vas, admit Gordo.

Miranda pencha la tête.

-Et j'imagine que c'est aussi sympa de savoir quels profs éviter.

-Exactement !

Lizzie sourit. Ils avaient tout compris. Jusque-là, sa première semaine de huitième année avait été super pour son ego. Le simple fait de savoir qu'il y avait d'autres jeunes dans l'école qui en savaient moins qu'elle, l'avait réconfortée.

**Septième année.
J'ai déjà donné. Merci.**

Lizzie mit les mains sur ses hanches.

-Cette année, je vais rendre la pareille, déclara-t-elle.

-Rendre la pareille ? répéta Miranda, intriguée.

-Oui. Partager mon savoir. J'ai rencontré une fille... C'est une septième et elle me fait penser à moi quand j'avais son âge. Vous savez, un peu timide. Tenez, la voilà !

Lizzie fit signe à une fille à l'autre bout de la terrasse.

La jeune fille lui fit un petit signe et un sourire timide. Elle avait de longs cheveux noirs raides et portait un tee-shirt uni et un jeans.

J'ai hâte de lui inculquer le sens du style, songeait Lizzie, imaginant déjà à quoi son amie allait ressembler après sa métamorphose.

-Si j'avais eu quelqu'un de plus âgé que moi pour m'aider, reprit-elle, j'aurais pu éviter de sérieuses erreurs vestimentaires.

Elle frissonna en se rappelant le chandail écossais marron qu'elle avait porté avec un pantalon léopard et une fleur violette dans les cheveux. Sans parler du style fleuri des années 1980 et de l'horrible jupe en patchwork qu'elle avait adorée jusqu'à ce que Kate commence à l'appeler Lizzie la Petite Orpheline.

-Bravo Lizzie, dit Gordo. C'est bien de te voir aussi altruiste.

-Gordo ! Le français me donne déjà suffisamment de mal, se plaignit Miranda. Traduction s'il te plaît ?

-C'est simplement sympa de la voir aider, expliqua-t-il.

Lizzie était aux anges.

Je fais ça parce que je me sens concernée. Vraiment.

À ce moment-là, Andie Robinson, l'amie de Lizzie de septième année, se leva de son siège. Elle fit trois pas, trébucha et laissa tomber toutes ses affaires. Les élèves se retournèrent et se mirent à rire. Andie regarda Lizzie ; celle-ci lui fit un signe d'encouragement.

-Tu as raison, observa Gordo. Elle est comme toi.

-Exactement comme toi, ajouta Miranda, pince sans rire.

Lizzie fit la grimace, mais elle devait admettre que c'était la vérité. Cela renforça encore sa détermination à aider Andie. Je vais le faire pour qu'elle ne souffre pas de l'humiliation que j'ai endurée, songeait Lizzie, en se rappelant toutes les fois où elle avait glissé et était tombée l'année précédente.

Ce sera ma bonne action pour cette année.

Dans le hall des huitièmes années, Lizzie essayait d'ouvrir son nouveau vestiaire, mais il n'y avait rien à faire. Jusqu'à présent il s'était montré aussi facile à ouvrir que celui qu'elle avait eut l'année passée... en d'autres termes, récalcitrant. Elle refit la combinaison et tira la porte d'un coup sec. Celle-ci ne bougea pas d'un pouce. Elle lui donna un coup dans l'autre sens puis réessaya et cette fois, la porte s'ouvrit comme un ressort, lui donnant une grande claque dans la figure.

Lizzie tomba à la renverse.

-Aïe !

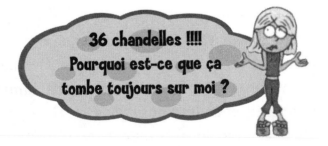

36 chandelles !!!!
Pourquoi est-ce que ça
tombe toujours sur moi ?

Pourquoi est-ce que je tombe toujours sur le casier-qui-tue ? se demandait-elle.

Elle voyait trente-six chandelles et deux Andies qui se penchaient au-dessus d'elle.

-Ça va Lizzie ?

Elle se frotta les yeux.

-Tu as une sœur jumelle ?

Finalement, les deux Andies se fusionnèrent en une seule, et cette dernière lui attrapa la main et l'aida à se remettre sur pied.

-Je voulais juste te remercier pour ton conseil, dit la jeune fille gaiement. J'ai attaché mon tee-shirt comme tu me l'avais suggéré et avant que j'aie le temps de dire ouf, tout le monde faisait pareil.

Son regard brillait d'admiration.

Lizzie sourit. Elle était heureuse que ce premier conseil ait aussi bien marché pour Andie.

À cet instant, une voix snobinarde familière retentit dans leur dos.

-Vous savez ce qu'on dit.... ?

Kate Sanders avançait dans le hall en se

pavanant, sa clique à la traîne comme des petits chiens bien élevés.

-... que la fille de septième année peut quitter la classe, mais que la septième année ne quitte jamais la fille. Cela se voit à ses amies !

Les filles leur jetèrent un regard méprisant, puis s'éloignèrent d'un air hautain.

-Est-ce que c'est Kate Sanders ? demanda Andie lorsque celle-ci fut hors de portée de voix. J'ai entendu dire qu'elle était vraiment méchante... elle eut un frisson... mais... si vous êtes amies, elle doit être vraiment gentille, ajouta-t-elle vivement.

-Disons que.... Kate et moi avons une relation très intéressante.

Lizzie sourit. C'était peu dire !

Andie hocha la tête.

Soudain, les yeux de Lizzie tombèrent sur une silhouette élancée qui approchait à grands pas. C'était Ethan Craft. Il était encore plus mignon que l'année passée. Ses cheveux blonds semblaient encore plus lumineux....

-Salut Ethan !

-Lizzie ! Tu as l'air en forme cette année.
Il passa sans ralentir.
-Toi aussi, murmura Lizzie doucement.
Andie était baba ?

Est-ce moi qui ai parlé à Ethan Craft ? J'ai vraiment changé !

-Tu le connais ???
-En quelque sorte...
Lizzie se retourna vers son vestiaire et attrapa ses livres vivement avant que la porte métallique ne lui joue un autre mauvais tour.
-C'est lui dont j'allais te parler, reprit Andie rêveuse. J'ai un béguin pour lui.
-Bienvenue au club !
Lizzie l'entraînait vers les salles de cours.
-... Ethan a le chic pour créer ce genre d'effet.
Elle sourit en voyant à quel point Andie était béate devant le jeune homme. J'étais

pareille il n'y a pas si longtemps, songea-t-elle... il n'y a même pas cinq minutes !

-Mais pourquoi rêver, reprit Andie, il ne me remarquera jamais. Je ne suis qu'une septième...

Sa voix traîna sur le mot comme si c'était un fléau.

Lizzie la gourmanda.

-Tu es plus que « juste une septième ». Je comprends que tout te semble un peu confus pour le moment, mais ne t'en fais pas... je vais t'aider.

Elle sourit avec confiance.

-Lizzie ! Si seulement je pouvais être comme toi ! Tu as tant... d'assurance !

Lizzie se mit à rire. Si Andie savait à quel point l'assurance de Lizzie était limitée... elle se tordrait de rire.

-... Et j'en ai tellement... pas...

Andie avait un air abattu.

-Je sais, les choses peuvent sembler un peu dures, admit Lizzie, mais c'est grâce à mes amis que j'ai survécu l'an dernier.

J'aime vraiment cette fille.

Le visage d'Andie s'illumina.

-Je ne sais pas comment je survivrais si tu n'étais pas là !

Lizzie se félicitait intérieurement. Sa bonne action marchait vraiment bien.

Ai-je dit à quel point j'aimais cette fille ?

-Tu es tellement intelligente, continua Andie, et chaleureuse... et on aime aussi le même garçon. Tu sais quoi ? Tu es plus qu'une amie. Andie leva le menton avec assurance. Tu es mon modèle de comportement.

Lizzie se retint de lui sauter au cou. Après tout, les modèles de comportement étaient supposés être pondérés. C'était bien ça ? En fait, Lizzie n'en avait aucune idée. Elle n'avait

jamais été un modèle de comportement aupa-
ravant... mais maintenant elle était impatiente
de commencer.

CHAPITRE DEUX

Cet après-midi-là, lorsque M. et Mme McGuire revinrent chez eux, les bras chargés de paquets, ils virent immédiatement que leur cuisine présentait une anomalie : leur fils Matt était étendu immobile et silencieux sur la table, sa casquette des *Wilderness Cadets* sur le visage.

Sa mère se pencha sur lui.

-Matt chéri, est-ce que quelque chose ne va pas ?

Un son étouffé sortit de dessous la casquette.

-Je suis déprimé.

-Déprimé ?

Son père n'en croyait pas ses oreilles.

-Tu es trop jeune pour être déprimé. Que se passe-t-il ?

Matt repoussa sa casquette.

-*Wilderness Cadets !* murmura-t-il tristement.

Mme McGuire fronça les sourcils.

-Mais tu adores les *Wilderness Cadets*, protesta-t-elle. Qu'est-ce qui ne va pas ?

-Tu sais comment on gagne des insignes, répondit Matt, par exemple quand on lit des histoires à des vieilles personnes ou quand on nettoie un terrain de jeu ou quand on lave la voiture de papa...

Mme McGuire se tourna vers son mari.

-Tu leur as demandé de laver ta voiture ?

M. McGuire eut un air coupable.

-... et si je ne gagne pas au moins un insigne par moi-même, ils vont me rétrograder à... *Bunny Cadets*.

Matt gémit et remit la casquette sur sa figure.

Il s'imaginait déjà dans l'uniforme humiliant de *Bunny*, chapeau à oreilles de lapin compris. Il frissonna d'horreur.

M. McGuire posa ses sacs sur la table. La situation était sérieuse.

-Je suis sûre que tu pourrais gagner un insigne en laideur, dit Lizzie.

Elle arrivait de l'école. Elle se dirigea droit vers le frigo.

-C'est vrai, commenta Matt, lugubre.

Lizzie se figea.

-Viens-tu d'être d'accord avec une insulte ?

Au même moment, Matt réalisait.

-Est-ce que je viens d'être d'accord avec une insulte ?

Il se redressa, stupéfait.

-Oh ! la ! la ! Il est vraiment déprimé, dit M. McGuire.

-C'est quoi d'abord cette histoire de *Bunny Cadets* ? demanda Lizzie.

-Je vais te dire ce qu'ils font les *Bunny Cadets*, dit son frère. Ils font la sieste. Ils peignent avec leurs doigts, ils impriment leur paume en poterie...

Il frissonna et secoua la tête. Les *Bunny Cadets*, c'était pour les petits. S'il devait y être rétrogradé, ce serait la plus grande humiliation de sa vie.

Mme McGuire intervint.

-Tu ne vas pas retourner chez les *Bunny Cadets*, dit-elle fermement.

-Si je ne gagne pas un insigne par moi-même avant la fin de la semaine, je laisse tout tomber, conclut Matt.

-Non, tu ne laisses pas tout tomber, dit son père. Tu n'es pas un perdant.

Lizzie mit son grain de sel.

-Ce n'est pas un perdant, c'est un... *Bunny*.

-Lizzie ! lui dit sa mère vertement.

Elle se tourna ensuite vers son fils.

-Matt, ton père et moi allons t'aider à gagner un insigne par toi-même, quoi qu'il en coûte. D'accord ? N'est-ce pas Sam ?

Elle regarda son mari.

Ce dernier acquiesça rapidement.

-Oui et ce sera très amusant.

Matt poussa un gros soupir et retomba sur la table. Cette fois, c'était sûr, il allait finir en *Bunny Cadets*. Il le savait déjà.

* * *

-Bonjour Lizzie, dit Miranda en s'approchant du vestiaire ouvert de son amie. Comment ça va ?

La fille brune claqua la porte et se retourna. Miranda fronça les sourcils.

-Mais tu n'es pas Lizzie !

Que faisait cette fille dans son vestiaire ?

-Non, je suis Andie, dit la jeune fille. Je suis de la septième année. Mais ton erreur me flatte. Tu dois être Miranda.

-Tu es une septième ?

Miranda était incrédule. Elle avait du mal à reconnaître la jeune fille qu'elle avait vue à la cantine. Andie avait changé son style de coiffure. Ses cheveux étaient plus bouclés et elle portait un petit bandeau à paillettes. Elle était toute mignonne.

-Lizzie m'a parlé de toi, reprit Andie.

-Ah oui ?

Miranda fronça les sourcils.

-Mais qu'est-ce que tu faisais dans son casier ?

Miranda se demandait comment Andie avait réussi à l'ouvrir. Lizzie semblait toujours avoir un mal fou avec la serrure ou avec la porte ou avec les deux.

-Je l'organisais. Son cours de socio vient juste de finir et elle a besoin de son livre de bio après.

Miranda cligna des yeux de surprise.

-Tu as organisé ses livres dans l'ordre des cours ?

-C'est la moindre des choses ! Elle est tellement sympa avec moi. Comme je lui ai dit, elle est un super modèle de comportement.

Miranda était bouche bée ?

-Salut !

Lizzie sortait de sa classe de sociologie avec Gordo. Miranda lui attrapa le bras et lui indiqua Andie.

-Où l'as-tu dénichée et où pourrais-je en trouver une pareille ?

Lizzie se mit à rire. Elle remarqua le nouveau style de coiffure d'Andie.

-C'est très joli tes cheveux coiffés comme ça, Andie.

-Tu aimes ?

Elle toucha ses boucles doucement.

-J'ai un peu copié sur comment tu étais coiffée hier, admit-elle.

Gordo intervint.

-Ne le prends pas mal, mais je pense sincèrement que tu devrais arrêter de copier sur les autres et te forger ta propre personnalité.

-Tu es Gordo, c'est ça ? demanda Andie.

Gordo leva un sourcil.

-Il faut l'excuser, dit Miranda, c'est un handicapé social.

Elle fit un grand sourire à Andie.

-Dis-moi... as-tu des amies qui recherchent un modèle de comportement ? Je suis disponible.

Mais Andie était axée sur Gordo.

-Je suis vraiment une fan de ton travail.

-De mon travail ?

-Cette vidéo que tu as faite l'an dernier, où chacun révèle ce qu'il pense vraiment de l'école.

Andie soupira et leva les yeux.

-C'est un de mes courts métrages d'étudiants préférés, dit-elle sincèrement.

Gordo était stupéfait.

-Vraiment ?

Lizzie fronça légèrement les sourcils.

Hé ! Toi !
Je croyais que tu étais
le président de mon fan club.

Andie regarda sa montre.

-Oh ! l'heure passe vite !

Elle regarda Lizzie puis dit avec un sourire désarmant :

-Comme Lizzie me l'a dit une fois, lenteur égale paresse.

Lizzie lui rendit son sourire.

C'est mieux.

-C'était vraiment sympa de vous rencontrer tous les deux, dit Andie à Miranda et Gordo. Au fait, Lizzie. J'ai suivi ton conseil pour le cours de M. Pettus. En s'asseyant vers le fond de la classe, on échappe *vraiment* à ses postillons.

Elle regardait Lizzie comme si elle était la Fontaine de la Connaissance.

Miranda et Gordo acquiescèrent. Ils connaissaient le topo. Ils avaient appris leur leçon durement.

Andie leur fit un grand sourire et un petit geste de la main.

-À plus tard.

-À plus tard « Balthazar », lança Lizzie.

Miranda fixait Andie comme si c'était le plus beau cadeau-surprise qu'elle ait jamais vu.

-Moi aussi je veux quelqu'un qui organise mon vestiaire, dit-elle vivement. Et qui adopte ma coupe de cheveux. *Je* veux être le modèle de comportement de quelqu'un.

Elle était tellement excitée qu'elle sautait sur place.

Gordo était songeur.

-Elle est extraordinaire !

Je déteste dire ça mais je vais le dire quand même.

Lizzie eut un petit haussement d'épaules suffisant.

-Je te l'avais dit, Gordo.

Mais qu'est-ce que je dis ? J'adore dire ça.

Ma bonne action marche de mieux en mieux ! songeait-elle en regardant Andie s'éloigner. Bientôt toutes les septièmes années auront un modèle de comportement de huitième année... et ce sera grâce à moi !

CHAPITRE TROIS

Matt sortit sur la terrasse, son manuel des *Wilderness Cadets* à la main.

-Ils disent que je peux gagner mon insigne nature en ramassant et en identifiant des feuilles.

Son père était assis dans un fauteuil en osier, près d'un sac de feuilles. Ils avaient passé la matinée à ratisser. C'était la première partie de l'Opération *Anti-Bunny* !

-D'accord ! Feuille numéro un.

M. McGuire plongea la main et tira un spécimen hors du sac. Il la retourna dans tous les sens, puis la renifla au cas où elle aurait une odeur significative.

-Voyons si je la trouve dans le livre, dit Matt.

Il se mit à feuilleter le manuel.

-Non... non... non...

M. McGuire se gratta le bras, puis arracha le livre des mains de son fils.

-Passe-moi ça ! Voyons...

Il leva la feuille pour mieux l'observer et la comparer avec celles des illustrations.

-Feuilles pointues... groupe de trois...

M. McGuire se gratta le nez puis le cou.

-Hé !

Matt venait de remarquer des rougeurs sur les bras et le cou de son père.

-Tu es tout rouge !

-Quoi ? Où ça ? demanda M. McGuire en se grattant l'autre bras.

-Sur tes mains, tes bras et ...

Matt fit la grimace en regardant le visage de son père.

-... même ton nez !

-Quoi ? demanda M. McGuire d'un ton alarmé. Qu'est-ce qu'il a mon nez ?

Il se grattait maintenant furieusement.

-C'est dégoûtant. Il est tout rouge.

-Vraiment ?

M. McGuire se gratta le cou et la poitrine de plus belle. Il tenait encore la feuille. En fait, il l'utilisait même pour se gratter.

-Et pourquoi te grattes-tu ? demanda Matt.

-Je ne sais pas. C'est juste que... ça me démange.

Il rendit le manuel à son fils pour pouvoir mieux se gratter.

-Papa ?

Matt regardait tour à tour la feuille, puis une page du livre.

-Oui ?

M. McGuire était distrait, trop occupé à se gratter.

-J'ai identifié la feuille.

-C'est bien mon fils. Tu as donc gagné ton insigne des *Wilderness*.

M. McGuire se leva. Même son dos le grattait.

Matt regarda son père.

-Malheureusement, les feuilles toxiques ne comptent pas.

-Les... feuilles toxiques... articula M. McGuire lentement.

Matt indiqua la feuille que son père avait en main.

-C'est du sumac vénéneux.

Il lui montra l'image.

-Sumac vénéneux ? répéta son père.

Levant la jambe pour la gratter, M. McGuire perdit l'équilibre. Il essaya de se rattraper en faisant de grands moulinets avec les bras, mais rien n'y fit. Il tomba de la terrasse.

-Voyons voir, dit Matt calmement, en feuilletant de nouveau le manuel des *Wilderness Cadets*. Premiers secours : la glace.

Il regarda son père qui était à plat ventre sur la pelouse.

-Dois-je aller chercher de la glace ?

M. McGuire cracha un brin d'herbe et se mit sur le dos.

-Oui, et aussi de la lotion calmante à la calamine.

Il attrapa sa cheville.

-... et je crois qu'il y a des béquilles dans le placard de l'entrée.

Matt lui fit un petit salut et s'élança vers la maison. Au bout de deux pas, il se retourna.

-Est-ce que je dois appeler l'ambulance ?

-Non, pas cette fois, fils.

-D'accord. Tu es sûr ? Maman alors ?

-Va ! cria son père.

Matt fila. Son père poussa un soupir. Aider son fils à gagner son insigne n'était pas aussi amusant qu'il l'aurait cru.

Lizzie entra au *Digital Bean.* Elle portait son tee-shirt préféré, celui à impression léopard et un pantalon noir. Elle avait convenu de retrouver Miranda et Gordo au cybercafé pour travailler avec eux, et elle était impatiente de voir ses amis. Après tout, cela faisait presque deux heures qu'elle ne les avait pas vus et il s'était passé des tas de choses...

-Salut Andie, dit un garçon au moment où Lizzie entrait dans le café.

Quoi ? Lizzie fronça les sourcils. C'était bizarre. Quelqu'un pensait qu'elle était Andie.

Une seconde après, le serveur du *Digital Bean* l'aperçut et lui lança :

-C'est sympa de te revoir, Andie.

Oh, oh ! C'était vraiment très bizarre. Lizzie s'arrêta.

Elle aperçut Miranda et Gordo en grande conversation avec une fille aux cheveux blonds bouclés. Son cœur fit un bond. Elle observa ensuite la tenue vestimentaire de la fille et la compara à la sienne... elles portaient les mêmes vêtements !

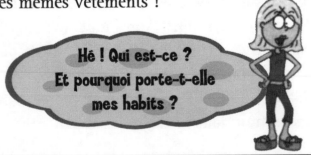

-Par ici, Lizzie !

Miranda lui faisait signe d'approcher. La fille blonde se retourna.

Les yeux de Lizzie lui sortirent presque de la tête.

-Andie ! s'exclama-t-elle surprise. Tu as... teint tes cheveux ?

Les cheveux d'Andie étaient exactement de la même couleur que les siens !

-Oh ! Te voilà ! dit Andie avec un grand sourire.

Elle lui tendit un verre.

-Ton smoothie est en train de fondre.

-Merci.

Lizzie regarda son verre. Elle n'en voulait pas vraiment.... ce qu'elle voulait c'était savoir par quel tour du sort elle avait maintenant un clone.

-Mais je...

Andie lui coupa la parole.

-J'ai pensé que tu aurais besoin d'une petite douceur d'après cours. Je sais que c'est ton smoothie préféré.

Andie fit un clin d'œil reconnaissant à Miranda.

-C'est Miranda qui me l'a dit.

Gordo et Miranda échangèrent un sourire.

-Andie ! Tu es habillée exactement comme moi !

-N'est-ce pas super ? dit Gordo avec enthousiasme.

Il mit son sac à dos sur ses épaules.

Lizzie lui lança un regard noir.

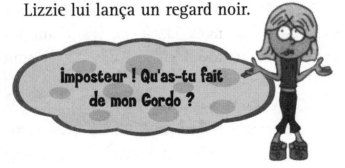

Imposteur ! Qu'as-tu fait de mon Gordo ?

Andie lui tendit un paquet de cartes.

-Oh... avant que j'oublie, voici des cartes éclair pour t'aider à étudier ton test d'anglais.

-Comment sais-tu que j'ai un test ?

Lizzie appréciait l'aide d'Andie, mais... quand même... ça devenait un peu irritant.

Andie haussa les épaules sans répondre. Lizzie remarqua que Gordo regardait Miranda avec un air coupable. *Hummmmmm.* Ses amis se comportaient bizarrement.

-Il faut qu'on y aille, lança Andie à Gordo et Miranda. Le centre commercial nous attend. Elle rejeta ses cheveux blonds en arrière, puis dit à Lizzie.

-À plus tard, Balthazar !

À plus tard, Balthazar ??? Mais c'est *mon* expression ! songea Lizzie en regardant ses amis sortir du café derrière Andie. Et ce sont *mes* amis !

-Miranda ! cria-t-elle.

Miranda se retourna sur la défensive.

-Quoi ? Certaines de ses amies vont au centre commercial. Elles auront peut-être besoin de moi.

Elle regarda les cartes éclair dans la main de Lizzie.

-Et puis tu as ton test à préparer. À plus !

Elle lui fit un petit signe de la main et disparut.

Lizzie était bouche bée.

Gordo revint vers elle.

-Je n'arrive pas à y croire ! dit-elle.

-Je sais.

Il avait l'esprit ailleurs. Il prit une profonde inspiration.

-À tout à l'heure.

-Gordo ?

-Écoute, dit-il patiemment. Je sais que j'ai dit qu'Andie devait se forger sa propre personnalité...

-... mais ?

-... mais tu l'aides à se façonner et ça marche. Elle est vraiment cool, tu sais !

Il avait l'air sérieusement impressionné.

-Ne veux-tu pas plutôt dire que *je suis* cool ? demanda Lizzie.

-Qu'est-ce que je peux dire ? répliqua Gordo. Elle te copie drôlement bien. Même que si elle n'était pas une septième, je lui demanderais de sortir avec moi.

Lizzie fit la moue ; elle était dégoûtée.

-Quoi ? Alors tu peux aussi bien me le demander *à moi.*

Gordo eut un air paniqué.

-Pourquoi voudrais-je faire cela ?

Lizzie le regarda durement.

-Oublie ça.

Elle fit un geste dans la direction d'Andie.

-Regarde ! Elle est habillée exactement comme moi. Est-ce que je suis la seule que cela choque ?

Gordo ne savait que dire.

-... Bon il faut que j'y aille... Andie m'attend.

Il tourna les talons et sortit.

-Gordo ?

Il ne se retourna pas.

Lizzie n'arrivait pas à y croire ! Ils l'avaient laissée toute seule avec une pile de cartes éclair et un smoothie fondu dans un café où tout le monde la prenait pour Andie. Qu'est-ce qui clochait là-dedans ?

Quand mon univers
s'est-il renversé ?

Elle poussa un soupir. À quel moment sa bonne action avait-elle viré au noir ?

Cette nuit-là, le sommeil de Lizzie fut très agité. Elle se tournait et se retournait dans son lit, en proie à un horrible cauchemar.

-Est-ce toi Lizzie ? demandait Gordo alors qu'elle s'approchait de ses amis, vêtue d'un tank top rose et ayant natté ses cheveux. ... parce qu'on n'a plus besoin de toi, ajoutait Miranda avec un sourire sardonique.

Subitement, Andie apparut portant le même tank top rose et les cheveux également nattés... son parfait sosie !

-Maintenant, nous avons Andie, dirent Miranda et Gordo comme des robots.

La scène changea subitement. Lizzie était maintenant dans le hall de l'école et Ethan Craft arrivait vers elle en souriant. Elle lui rendit son sourire, pensant qu'il allait la saluer. Ethan fit le geste de lui tirer dessus avec les doigts, mais juste à ce moment une fille blonde s'approcha de lui; ses yeux s'illuminèrent et il lui passa le bras autour des épaules. La fille se retourna... c'était Andie. Elle lui lança un petit sourire narquois et s'éloigna avec Ethan !

La scène changea encore. Lizzie voyait maintenant sa famille dîner dans la cuisine, mais quelqu'un qui portait le même pull-over marron à manches longues avait pris sa place. Lizzie avait l'impression de regarder un double d'elle-même. Soudain, la fille se retourna et Lizzie réalisa que ce n'était pas son double qu'elle regardait, mais Andie !

La jeune fille lui dit alors d'une voix mielleuse.

-Salut Lizzie ! Tu es mon modèle de comportement... modèle de comportement...

modèle de comportement... modèle de comportement... modèle de comportement... modèle de comportement... modèle de comportement... modèle de comportement... modèle de comportement...

Les mots résonnaient dans sa tête. Lizzie se mit les mains sur les oreilles. Elle n'en pouvait plus ! C'est alors qu'elle se réveilla. Quel horrible cauchemar ! Mais n'était-ce pas en fait la réalité ?

Elle se leva pour se regarder dans le miroir. Elle voulait juste s'assurer qu'elle était encore elle-même. Mais le miroir lui renvoya l'image d'... Andie !

Lizzie se mit à hurler... et se réveilla *vraiment*. Elle manquait d'air. C'était le pire cauchemar qu'elle ait jamais eu. Et le comble c'était qu'il était pratiquement en train de devenir vrai ! Elle devait mettre un stop à la fille robot de septième année qu'elle avait créée... et ce, immédiatement.

Modèle de comportement...
Rends-moi ma vie !

* * *

-D'accord.

M. McGuire s'approchait du bord de la terrasse sur une paire de béquilles. Il avait installé un foyer de fortune au-dessus duquel pendait un énorme pot bleu.

Il était confiant de sa nouvelle idée pour un autre insigne pour Matt.

-Cuisine de survie, dit-il. Ça va être facile.

M. McGuire se pencha pour frotter un bâton contre un silex placé sous le pot.

-J'aime ton mode de pensée, papa.

Matt manquait nettement d'enthousiasme. Il essayait d'ouvrir une boîte de conserve de haricots avec une pierre.

-... comment ça va avec le feu ?

-Bien, répondit son père gaiement, bien que n'ayant pas encore réussi à provoquer la moindre étincelle. Et comment ça va pour toi ?

-Bien, bien, mentit Matt.

Il regarda sa boîte de haricots. Le haut était complètement écrasé mais la boîte ne donnait aucun signe de vouloir s'ouvrir.

M. McGuire décida qu'il avait besoin d'aide pour lancer son feu. Il prit une poignée de feuilles et les mit près de son bâton puis continua à frotter ce dernier contre le silex.

Un mince filet de fumée apparut.

-Hé ! cria-t-il. Ça marche !

Tout excité, il se pencha encore et souffla sur les feuilles de plus belle. Elles s'enflammèrent d'un seul coup.

Matt regarda les sourcils brûlés de son père.

-Dois-je aller chercher la glace, papa ?

-Oui.

CHAPiTRE QUATRE

–Mais je croyais que tu aimais être le modèle de comportement d'Andie, protesta Miranda qui marchait avec son amie et Gordo dans le hall de l'école, le lendemain.

–Je ne suis pas son modèle de comportement, dit Lizzie d'un ton sec. Elle *m'imite*.

Lizzie était perplexe. Elle savait que Miranda aurait trop voulu être le modèle de comportement de quelqu'un, mais ne pouvait-elle pas voir son point de vue ? Elle était supposée être mon amie... et elle connaissait à peine Andie !

Gordo intervint.

–Il paraît que l'imitation est la forme la plus sincère de flatterie.

Lizzie se retint de lui sauter dessus. On peut toujours compter sur Gordo pour sortir un cliché au moment le plus inopportun !

-Gordo, dit-elle impatiemment, elle a teint ses cheveux exactement comme les miens et elle s'habille exactement comme moi ! Cela va bien au-delà de l'imitation... c'est une imposture !

Et ça me fiche la trouille !

-Alors que vas-tu faire ? demanda Miranda.

Lizzie poussa un soupir.

-Comme je tiens toujours à montrer le bon exemple, je vais la laisser tomber en douceur.

Gordo explosa.

-La laisser tomber en douceur ? La laisser tomber en douceur ?

Sa voix était un peu hystérique. Il leva la main comme pour un plaidoyer.

-... Lizzie, je t'en supplie... s'il te plaît, réfléchis avant de faire ça.

Lizzie était atterrée.

-Tu me supplies, Gordo ? Alors ça, ça me fiche vraiment la trouille.

-Ne te méprends pas. Je veux dire... c'est super d'avoir une Lizzie. Mais s'il y en avait deux...

Il leva les yeux essayant de trouver la description exacte de ce qui arriverait

-... je ne trouve pas de mots pour le décrire.

Lizzie et Miranda poussèrent un soupir de soulagement.

-Bien.

Les descriptions de Gordo prenaient parfois des tours délirants. Surtout quand il introduisait le vocabulaire mégatonnique.

Lizzie aperçut Andie qui s'approchait.

-La voilà, dit-elle.

La jeune fille était facile à repérer. Elle était habillée exactement comme Lizzie : pantalon rouge et pull-over imprimé. Lizzie avait l'impression qu'un miroir s'approchait d'elle. Si j'avais de la salade entre les dents, se demanda-t-elle, est-ce qu'Andie ferait de même ?

Miranda était admirative.

-Regarde sa tenue ! Elle a vraiment du style.

Lizzie s'offusqua et montra ses propres vêtements.

-Ne veux-tu pas dire ma tenue ?

Miranda ouvrit de grands yeux comme si elle venait juste de remarquer la tenue de son amie et fit un signe d'appréciation.

Lizzie grommela. La pire chose dans le fait d'avoir un clone en septième année c'était que les gens semblaient penser qu'Andie faisait une meilleure Lizzie que la vraie.

-Bonjour, les amis, dit Andie. Devine quoi, Lizzie ? J'ai changé mes horaires pour avoir les mêmes que les tiens, comme ça ce sera plus facile pour avoir tes conseils entre les cours.

Gordo béait d'admiration.

-Elle est tellement intelligente !

Lizzie attira la jeune fille de côté.

-C'est vraiment sympa de ta part, mais je pense que... hum...

Lizzie fit un geste indiquant de l'espace entre elles.

-... je pense que nous devrions essayer de créer de l'espace entre nous.

-De l'espace ?

Andie sourit timidement.

-... que veux-tu dire ?

De l'espace, quoi ! Comme la distance entre Pluton et la Terre !

Bon, l'approche subtile ne marche pas, il allait falloir qu'elle soit plus directe. La fille robot devait s'en aller.

-Écoute, reprit Lizzie. Je suis ravie de pouvoir te donner des conseils, mais je pense vraiment que tu devrais te concentrer un peu plus sur *toi* et un peu moins sur *moi*.

Gordo eut un hoquet de surprise.

-À nous de jouer, lança Miranda à Gordo et en se précipitant vers Andie

- ... si jamais tu avais besoin d'une...

Lizzie poussa Miranda de côté. Elle ne voulait pas que son amie tombe dans le piège de la fille robot, ni qu'Andie devienne le clone de Miranda. *Une* Miranda à gérer était déjà largement suffisant. Heureusement, son amie comprit le geste; elle attrapa Gordo par la main et l'entraîna au loin.

Andie avait les larmes aux yeux.

-Est-ce que j'ai fait quelque chose de mal ?

Lizzie se sentait mal à l'aise, mais elle savait qu'elle ne devait pas flancher. Elle ne pouvait pas laisser Andie lui prendre sa vie ! Elle se mordit les lèvres. Comment lui expliquer ?

-J'ai compris, annonça subitement Andie.

Va-t-en !
Vis ta propre vie !
Sois toi-même !

-Vraiment ?

Lizzie était soulagée. Dieu merci, elle n'aurait pas besoin d'être dure avec elle.

-Je savais que tu comprendrais.

Andie eut un petit rire.

-Tu es tellement gentille.

Lizzie fronça les sourcils. Hum !... ce n'était pas la réponse qu'elle attendait.

-Ah oui ?

-Lizzie, Lizzie, Lizzie.

Andie ouvrait de grands yeux et secouait la tête.

-Si c'est à propos de moi et d'Ethan, il n'y a pas de problème.

Elle lui serra le bras.

-Tu l'as vu la première; il est tout à toi.

Elle sourit comme si cela réglait la question.

-Quuuuoi ?

OK. Va directement à l'asile et ne t'arrête pas à la case départ.

Lizzie en avait le souffle coupé.

Andie était ragaillardie.

-Oh ! La sonnerie. Je file car je veux avoir un bon siège en maths et éviter d'être à côté de quelqu'un qui va copier sur moi et m'envoyer en punition...

Elle fit un clin d'œil à Lizzie.

-... une autre grande leçon de ma Lizzie. À plus !

Allô, les urgences ? Je voudrais signaler un vol de vie. J'attends.

Lizzie était trop abasourdie pour bouger. Que s'était-il passé ? Quelque chose de très, très bizarre.... du genre scénario de *x-files* !

Les élèves de septième année étaient parfois bien étranges.

CHAPITRE CINQ

Miranda montrait ses ongles à Lizzie.

-Les fleurs sont aussi très faciles à faire, dit-elle. Andie m'a montrée.

-C'est parce que je lui ai montré ! protesta Lizzie.

Elles arrivaient à la porte du jardin des McGuire.

Lizzie se figea.

-Miranda ! Regarde ! dit-elle, interloquée.

La fille robot était là, dans sa propre maison !

-Qu'est-ce qu'Andie fait ici ? Dans ma maison ? En train de parler à ma mère ?

Le pire c'était que Gordo était à côté d'elle, les mains dans les poches comme si tout était parfaitement normal.

Miranda ignora la remarque de son amie.

-Super !

Elle fit signe à Andie.

-On va échanger des CD. Elle a une incroyable collection !

Lizzie laissa échapper un râle de frustration.

Mme McGuire tendait un papier à Andie.

Ça suffit !
Fini les gentillesses !
Ras le bol !

-Merci pour la recette, Mme McGuire. Le poulet grillé au four est mon plat préféré.

Mme McGuire sourit.

-C'est drôle... c'est aussi celui de Lizzie.

Elle avalait tout ce que la jeune fille lui racontait.

Gordo dévorait Andie des yeux.

-C'est aussi le mien, dit-il.

À ce moment-là, Matt passa dans le hall.

-Folle, lança-t-il automatiquement en passant à côté du clone de Lizzie.

-Abruti, répliqua Andie.

-Moustique, dit Matt sans se retourner.

-Rat, dit Andie.

Subitement, Matt réalisa ce qui se passait. Il s'arrêta net et se mit à crier.

-Qui es-tu ? demanda-t-il horrifié en se retournant. Et surtout ne me dis pas que tu restes, supplia-t-il. *Une* Lizzie suffit amplement !

-Matt, gronda sa mère, ce ne sont pas des manières de parler à l'amie de ta sœur.

Lizzie intervint vivement.

-Ce n'est pas mon amie !

-Lizzie !

Mme McGuire était choquée.

Paniqué, Matt regardait tour à tour Lizzie et son clone.

-Salut Lizzie, dit Andie, gaiement. Je suis passée seulement pour m'assurer que nous étions en phase... les choses étaient un peu tendues entre nous à l'école aujourd'hui.

Tendues ? Tendues ?
Je vais t'en donner
du tendu !

Fille robot, songeait Lizzie, quand j'en aurai
fini avec toi tu te conjugueras au *passé* !

-Que fais-tu chez moi ?

Elle attendit une seconde, puis ajouta
sèchement :

-En fait, ne te donne pas la peine de répondre. Va-t-en ! Arrête de t'habiller comme moi,
arrête de te coiffer comme moi et arrête de
parler comme moi !

Andie semblait blessée.

-Mais je veux être comme toi ! Tu es mon
modèle de comportement.

-Non, je ne le suis pas ! cria Lizzie.

-Si tu l'es ! intervint Gordo.

Les yeux de Lizzie lancèrent un jet de flam-
mes sur son ami, puis revinrent sur Andie.

-Crois-moi, tu n'as pas envie d'être comme moi.

-Elle a raison, tu sais, dit Matt.

Mme McGuire le menaça du regard.

-Je dors trop, je tache mes vêtements, je trébuche à la cafétéria, je perds mes clefs, ma chambre est en désordre... Lizzie secoua la tête... et j'essaie de faire croire à tout le monde que ma vie est facile.

Miranda intervint.

-D'accord, elle est peut-être allée un peu trop loin, dit-elle en indiquant Andie, mais tu dois admettre que ton vestiaire est impeccable !

-OK. Concentrons-nous uniquement sur les côtés « trop loin », dit Lizzie exaspérée.

Elle se tourna vers Andie.

-Tu comprends maintenant ? demanda-t-elle gentiment.

-Pas vraiment, intervint Gordo.

Andie semblait figée sur place.

-Désolée de t'avoir ennuyée, articula-t-elle finalement, la voix cassée.

Elle courut vers la porte sans se retourner.

Mme McGuire et Gordo fixaient Lizzie. Ils étaient contrariés. Gordo poussa un soupir.

-Chérie, qu'est-ce qui s'est passé ? demanda doucement Mme McGuire.

-Andie était en train de me prendre ma vie, maman. Elle ne m'a pas laissé le choix.

Matt réfléchissait en se frottant le menton.

-Tu sais, dit-il, tu as oublié de dire que tu ronfles, que tu laisses des cheveux dans la brosse et que tes doigts de pieds collent quand il fait chaud.

-C'est vrai ? demanda Miranda.

Lizzie poussa un grognement. Parler de ses défauts avait été une grosse erreur... son frère allait s'en servir contre elle jusqu'à la fin de ses jours. D'un autre côté, si cela avait contribué à la débarrasser de la fille robot, cela en valait le prix.

-Maman, j'ai pris une décision.

Matt s'assit sur son lit à côté de sa mère.

-Je laisse tomber les *Wilderness Cadets*.

-Oh ! Chéri !

Elle le prit dans ses bras.

-... Tu as juste un peu de mal à gagner tes insignes, c'est tout.

-Chérie ?

M. McGuire entra en boitillant dans la chambre de son fils. Il avait toujours les bras bandés, mais ses sourcils étaient redevenus normaux.

-A-t-on encore de la lotion calmante à la calamine ?

-Je vais la chercher papa, offrit Matt. Toi tu devrais rester assis.

Il tira la chaise roulante de son bureau et fit signe à son père de s'y asseoir.

-Tu as sans doute raison, fils.

M. McGuire se traîna jusqu'à la chaise.

-... C'est gentil.

-Et il faut surélever ta jambe, continua Matt en posant la jambe de son père sur son lit.

-Mais c'est une très bonne idée !

M. McGuire s'installa confortablement. Sa femme se leva pour faire de la place au pied de son mari sur le lit. Ce faisant, elle attrapa le manuel des *Wilderness Cadets* de Matt et se mit à le feuilleter.

-... et tu vas avoir des cicatrices si tu continues à te gratter comme ça ! continuait Matt.

-Matt ! dit sa mère, tu connais drôlement bien les premiers secours.

Elle se réinstalla sur le lit. Elle avait oublié le pied de son mari et s'assit juste dessus.

-Aïe !

-Désolée !

Elle prit le pied de son mari et le mit sur ses propres genoux.

-C'est l'entraînement de base des *Wilderness Cadets*, dit Matt en haussant les épaules. Tout est dans le manuel.

-Chéri, tu n'as pas besoin de quitter les *Cadets*.

Sa mère lui montra une page du manuel.

-Non ?

Matt regarda le passage indiqué.

-Non. Tu viens de gagner ton insigne de premier secours !

Elle se leva d'un bon et prit Matt dans ses bras.

-Félicitations, mon chéri !

-... heu... les copains...

M. McGuire cria

Quand Mme McGuire s'était levée, elle avait fortement repoussé le pied de son mari et la chaise de ce dernier reculait maintenant vers la porte.

-Je suis si fière de toi !

Matt et sa mère n'avaient rien remarqué.

-Heu... les copains !

M. McGuire cria plus fort cette fois.

Sa chaise était maintenant dans le hall ! Matt et sa mère se précipitèrent, mais c'était trop tard.... La chaise de M. McGuire se dirigeait, hors contrôle, droit vers les escaliers !

-Ouille, ouille, ouille, grogna-t-il à chaque rebond.

Arrivé en bas, M. McGuire fit un vol plané et s'écrasa à plat ventre sur le tapis.

Sa femme et son fils firent la grimace.

-De la glace, papa ? suggéra Matt.

-Oui, dit son père avec lassitude.

Cet insigne de premier secours était très approprié.

-Je me sens un peu mal de la façon dont les choses ont fini avec Andie, confessa Lizzie à Miranda et Gordo le lendemain.

Les trois amis s'étaient retrouvés dans le hall de l'école. Gordo lui avait finalement pardonné d'avoir blessé Andie et Miranda avait finalement abandonné l'idée de devenir le modèle de comportement de quelqu'un. Les choses semblaient redevenues normales, même si Lizzie détestait avoir dû être méchante avec Andie pour qu'elles le redeviennent.

-Oh ! oh ! annonça Miranda. Voilà Kate et sa clique.

-Juste quand je commençais à penser que la journée était belle, dit Gordo.

Miranda poussa un cri d'exclamation.

-Regardez ! *Andie* est avec Kate !

Lizzie était bouche bée. Les deux filles portaient le même chandail rose pastel avec des plumes aux poignets, et elles avaient toutes les deux des pinces à cheveux roses dans leurs cheveux blonds. Andie était passée de clone-Lizzie à clone-Kate.

-Elle s'est même fait faire des extensions !

Lizzie était sous le choc.

-Salut Lizzie McGuire, dit Kate en ricanant.

-Salut Lizzie McGuire, dit Andie sur le même ton.

La vision était si ridicule que Lizzie éclata de rire.

-Je voulais te dire, continua Kate, que tout le monde pense que je suis un bien meilleur modèle de comportement que toi.

-Bien meilleur, renchérit Andie. Kate a des tas de conseils sur le magasinage, la coiffure et le maquillage.

Elle toisa Lizzie.

-... tu vois quoi... les trucs vraiment importants.

Lizzie prit une pose dramatique et se mit la main sur la joue.

-Comment vais-je pouvoir continuer à vivre ? déclama-t-elle.

Kate leva la main et fit le V de la victoire.

-On s'en fiche, dit-elle. Tu vis et tu apprends, n'est-ce pas Andie ?

-C'est ce que je dis toujours, répliqua la jeune fille.

Elle hésita puis ajouta plus doucement :

-... c'est ça ?

Kate hocha la tête.

-Tu vis et tu apprends, répéta Andie.

-Salut Andie, dit Gordo.

-À plus.

Kate et Andie s'éloignèrent du même pas.

Gordo fronça les sourcils.

-Et bien, dit-il à Lizzie, si cela peut te consoler, tu étais un bien meilleur modèle de comportement que Kate.

-Ce n'est rien de le dire, ajouta Miranda. Mais tu vois... j'ai bien aimé leur brillant à lèvres.

-Andie ne devrait pas vouloir copier quelqu'un pour son brillant à lèvres, dit Lizzie. Elle devrait vouloir copier les trucs importants de la vie qui lui permettent de s'améliorer en tant qu'être humain.

Miranda hocha la tête.

-Après tout, peut-être qu'être un modèle de comportement est plus difficile que je le pense. De plus, ajouta-t-elle en souriant, c'est plus amusant de découvrir les choses par soi-même.

-On se débrouille très bien de ce côté-là, dit Lizzie.

-Et si on essaie tout le temps de copier quelqu'un d'autre, on ne saura jamais qui on est vraiment, ajouta Gordo.

-Notre Gordo est de retour !

Excitée, Lizzie se pencha pour lui donner l'accolade, mais il esquiva la démonstration d'affection en public.

-Oui, dit-il, j'aimais bien avoir deux Lizzie, mais deux Kate, ça fait frémir.

Il eut un frisson.

Lizzie se mit à rire. C'était bien vrai.

Elle était contente d'être la seule Lizzie et que ses deux meilleurs amis l'aient finalement compris. Adieu les clones ! Ses amis étaient là et c'était le plus important.